महलों में वनवास

महलों में वनवास

अरुणा मुकिम

प्रभात
पेपरबैक्स
www.prabhatbooks.com

प्रकाशक

प्रभात पेपरबैक्स

4/19 आसफ अली रोड, नई दिल्ली–110002

फोन : 23289777 • हेल्पलाइन नं. : 7827007777

इ–मेल : prabhatbooks@gmail.com ❖ वेब ठिकाना : www.prabhatbooks.com

संस्करण

प्रथम, 2019

मूल्य

एक सौ पचास रुपए

अ.मा.पु.स. 978-93-5322-546-9

मुद्रक

आर–टेक ऑफसेट प्रिंटर्स, दिल्ली

MAHALON MEIN VANVAS

Novel by Smt. Aruna Mukim

Published by **PRABHAT PAPERBACKS**

4/19 Asaf Ali Road, New Delhi-110002

ISBN 978-93-5322-546-9

₹ 150.00

मेरे

माता और पिता

को

जो आज मेरे साथ नहीं हैं,

पर उनकी रोशनी से मेरी राहें हमेशा जगमगाती रहेंगी।

मेरी बात

मेरी समझ से उर्मिला एक बहुत ही महत्त्वपूर्ण चरित्र होते हुए भी जिस प्रकार हर स्तर पर उपेक्षा की शिकार हुई है, वह किसी भी संवेदनशील पाठक को आश्चर्यमय संदेह से भर देता है। उसकी भूमिका को पूरी तरह से अनदेखा किया गया है। उसकी मूक व्यथा को एक दमन की प्रक्रिया के रूप में देखा जाना पूर्ण रूपेण समर्थनीय होगा। स्वयं उसके पति, शेषावतार लक्ष्मण न केवल उसको अकेला छोड़कर अपने अग्रज और उनकी पत्नी के साथ वन चले गए बल्कि स्वयं अपनी भार्या उर्मिला से जाते-जाते कह गए कि वे सूर्यवंशी हैं, इसी कारण उर्मिला को उनके बगैर सूर्य की रोशनी को नहीं देखना चाहिए।

उर्मिला ने उनकी आज्ञा को शिरोधार्य करते हुए अपने मन की कोमल भावनाओं का दमन कर दिया और महलों में वनवास में अपनी गरिमा और वैयक्तिकता को पूरी तरह छोड़ दिया।

नारी की उपेक्षा एवं अपमान एक सार्वभौमिक सत्य है। वह चाहे महलों में रहे या किसी छोटे से भवन या फिर झोंपड़ियों में, उसे पुरुष के अधीन माना जाता है। नारी का शोषण अनेकानेक साधनों से किया जाता रहा है। इतिहास उसका साक्षी है। हर नारी की पीड़ा का रूप एक ही प्रकार का होता है—चाहे वह समृद्ध हो या निर्धन।

इस समरूपता में पीड़ा का दंश और स्रोत एक ही है : उसकी उपेक्षा और निरंतर होने वाला शोषण।

उर्मिला के जिस पात्र की मैंने इस उपन्यास में परिकल्पना की है, वह आदिकाल से पुरुषप्रधान समाज में चलने वाले नारी के निरंतर शोषण के प्रति उस आक्रोश को मुखर करने का एक ऐसा प्रयास है, जो आनेवाले समय में एक विराट् आंदोलन के रूप में उभरकर संपूर्ण पुरुष वर्ग की चेतना को झकझोर सकता है। मेरे विचार से मानव समाज को अब एक नई व्यवस्था एवं संस्कृति को विकसित करना चाहिए और स्त्री-पुरुष के संबंधों को एक अभिनव संदर्भ में व्याख्यायित करना चाहिए।

—अरुणा मुकिम

अनुक्रम

खंड-एक

उद्‌भव

• • • मेरे पिता, राजा जनक, की मिथिला का वैभव अपार था। वहाँ के बड़े-बड़े भवन, अट्टालिकाएँ, सुंदर उद्यान, वाटिकाएँ तथा अन्य कई पर्यटन स्थल आज भी मेरी स्मृति में अंकित हैं। हमारे राज्य में आनेवाले व्यापारी, पर्यटक और अतिथिगण मिथिला राज्य की शोभा कई गुना बढ़ा देते थे। मिथिला में आनेवाला हर बाहरी व्यक्ति वहाँ की शोभा से आश्चर्यचकित रह जाता था। राज्य का संपूर्ण परिवेश रमणीय एवं शांतिदायक था। पूरे राज्य की व्यवस्था धर्म पर आधारित थी। वहाँ बहनेवाली नदियाँ—गंगा, गंडक, कोसी, कमला, बवान और महानंदा—राज्य को असीम सौंदर्य, समृद्धि और दिव्यता प्रदान करती हैं।

…यहाँ अयोध्या में इस विकट एकांत में मुझे अपने पिता के राज्य की हर स्मृति रह-रहकर याद आती है और मैं उर्मिला भीतर-ही-भीतर एक विपन्नता का अनुभव करती हूँ। कितने मधुर थे वे क्षण। यहाँ पति गृह में सारे वैभव के मध्य मुझे अनुभव होता है एक नीरस, अर्थहीन जीवन। यहाँ मैं एक परित्यक्ता का-सा जीवन जीने के लिए बाध्य कर दी गई हूँ। कैसे व्यक्त करूँ मैं अपने जीवन के अवसाद को? क्या दोष है मेरा? क्यों बाध्य हूँ मैं इस दीन जीवन को जीने के लिए? यह ठीक है कि मेरे पति ने भ्रातृ-प्रेम की गरिमा के अनुसार उनके साथ वन जाना स्वीकार किया है; पर क्या उनका कोई दायित्व नहीं था अपनी इस भार्या के प्रति? क्या कोई कर सकता है मेरे इस अकिंचन नारी जीवन की

भरपाई? नहीं, यह असंभव है। राम के यहाँ पर न होने से पूरी अयोध्या नगरी सुनसान–सी लगती है। कैसी है यह सामाजिक व्यवस्था, जहाँ एक व्यक्ति की अनुपस्थिति मात्र से सारा जीवन–प्रवाह जड़ हो जाता है। मैं सोचती रहती हूँ कि क्या इस पुरुष–प्रधान सामाजिक व्यवस्था में एक नारी केवल एक यंत्र मात्र है? नहीं, मैं नहीं मानती हूँ इसे ठीक। किसे है इस नगरी में मेरा खयाल?···

···कैसे भूल सकती हूँ मैं वे मधुर क्षण! अपनी बहनों एवं सखियों के साथ व्यतीत किए गए वे अल्हड़ दिन! माता सुनयना की वे मृदु झिड़कियाँ एवं आदेश। मुझे बाहर वन–उपवन का परिवेश बहुत प्रिय था। मेरा चरित्र सीता दीदी से पूर्ण रूपेण अलग था। उनका स्वभाव गंभीर था और मैं थी पूर्ण अल्हड़! माँ मुझे अकसर डाँटती रहती थीं।

"उर्मिला, यह तुम्हें क्या हो जाता है अकसर?" एक दिन वे कृत्रिम क्रोध से बोलीं।

"क्या हो जाता है मुझे, माँ?"

"तुम इतनी चंचल क्यों हो?"

"कौन कहता है कि मैं चंचल हूँ?"

"मैं कहती हूँ।" माँ ने कुछ उच्च स्वर में कहा।

"कैसे कह रही हो तुम यह, माँ? मुझे लगता है, तुम्हारा सारा प्रेम केवल दीदी तक सीमित है?" मैंने दिखावटी आक्रोश से कहा।

इस पर माँ कुछ खीज भरे स्वर में बोलीं, "अरे, देखो तो तनिक, यह लड़की कैसे बात कर रही है। लगता है कि इसके उदर में कोई यंत्र लगा है।"

इस पर मैंने माँ से लिपटते हुए कहा, "ठीक है माँ, यदि तुम यह कामना करती हो कि मैं मूक हो जाऊँ तो मैं पूरी तरह से हो जाऊँगी।"

मेरी बात सुनकर माँ का हृदय द्रवित हो गया। "अरे, मैंने तुमसे ये कब कहा?"

"अरे, माँ–बेटी के बीच यह क्या गुपचुप मंत्रणा हो रही है अकेले में?" सीता दीदी ने माँ के कक्ष में प्रवेश करते हुए कहा।

"देखो सीता, यह उर्मिला किस प्रकार की बात कर रही है?" माँ ने शिकायत के स्वर में कहा।

इस पर सीता दीदी हँसने लगीं और फिर बोलीं, "तुमने ही इसे सिर पर इस कदर चढ़ा रखा है, माँ। इसका हठ तुम्हारे प्रेम का परिणाम है।"

"लो, अब तुम भी केवल इसका साथ दे रही हो।" माँ ने अपनी प्रसन्नता को छुपाते हुए कहा।

"उर्मिला, तुम्हें माँ की आज्ञा का पालन करना चाहिए।" सीता दीदी ने मेरी ओर देखते हुए कहा। फिर कुछ क्षण चुप रहने के बाद, वह माँ से बोलीं, "मैं इसे सबकुछ सिखा दूँगी माँ, आप तनिक भी चिंतित न हों।"

"ठीक है, तुम दोनों बातें करो। मुझे काम है।" कहते हुए माँ वहाँ से चली गई थीं।

वहाँ बस, केवल मैं और सीता दीदी रह गई थीं। "दीदी, देखो, कितना सुंदर मौसम है। चलो, उपवन में चलते हैं।" मैंने प्रस्तात्र रखा।

"अभी! इस समय।"

"हाँ, अभी! देखो तो कितना भव्य लग रहा है बाहर का दृश्य!"

"ठीक है, चलो, चलते हैं। कैसे मना कर सकती हूँ किसी बात के लिए मैं अपनी प्यारी बहन को!" सीता दीदी ने मीठे स्वर में कहा, फिर कुछ क्षण मौन रहने के पश्चात् उन्होंने कहा, "कितना आनंद आता, यदि इस समय मांडवी और श्रुतकीर्ति भी हमारे साथ होतीं।"

"क्या मेरे साथ चलना आपको ठीक नहीं लगता?" मैंने परिहासपूर्ण स्वर में पूछा।

इस पर वे हँसने लगीं और जब मैं उनकी ओर देखने लगी तो उन्होंने कहा, "उर्मिला, मैं तुम्हारी चपलता को बहुत पसंद करती हूँ।"

"तुम्हें इसमें क्या खास बात दिखती है, दीदी? माँ तो हमेशा मेरी इसी चपलता से व्याकुल हो जाती हैं।" मैंने कहा।

इस पर दीदी ने कहा, "पर मैं इसे दूसरी दृष्टि से देखती हूँ। मुझे इसमें एक नया आयाम दिखता है।"

मैंने देखा कि उन क्षणों में उनके चेहरे में एक विलक्षण चमक थी।

"क्या नया आयाम इसमें आपको दिखता है, दीदी?" मैंने जिज्ञासा से पूछा।

"मुझे इसमें एक स्वतंत्र चिंतन का बोध होता है।" उन्होंने कहा।

हम दोनों उपवन में आ गई थीं। वहाँ भाँति-भाँति के पुष्प एवं पौधे एक अपूर्व छटा उत्पन्न कर रहे थे। उनसे प्रस्फुटित होनेवाली सुगंध सारे परिवेश को आप्लावित कर रही थी। मैं अपने भीतर एक अभिनव ऊर्जा का संचार अनुभव कर रही थी।

"दीदी, एक बात पूछूँ?" मैंने सहसा कहा।

मेरी ओर एक तीक्ष्ण दृष्टि डालते हुए उन्होंने पूछा, "क्या पूछना चाहती हो तुम मुझसे?"

"आप किस प्रकार के पति की कल्पना अपने लिए करती हैं, दीदी?"

"मैं इस विषय में अधिक नहीं सोचती।" उन्होंने कहा।

"आपको सोचना चाहिए।"

"क्यों सोचना चाहिए?"

"यह हर नारी का अधिकार है।" मैंने उच्च स्वर में कहा।

मेरा उत्तर सुनकर वह कुछ सोचने लगीं। मैं उनकी ओर देखने लगी। उनके चेहरे में मुझे उन क्षणों में एक विराटता का भाव दिखा था। अंत में उन्होंने कहा, "उर्मिला, नारी के जीवन में कई वर्जनाएँ होती हैं। उन्हें उनका पालन न चाहते हुए भी करना पड़ता है।"

"मुझे आपकी बात समझ में नहीं आ रही है, दीदी!"

"सामाजिक दायित्व का निभाना नारी का प्रथम कर्तव्य है।" उन्होंने गंभीर स्वर में कहा।

"क्या है उसका प्रथम कर्तव्य, जरा समझाओ तो मुझे!" मैंने परिहास किया।

"उसे अपने माता-पिता की इच्छा के विरुद्ध कोई कार्य नहीं करना चाहिए। उसे परिवार की गरिमा के विपरीत भी कोई कार्य नहीं करना चाहिए।" दीदी ने कहा।

"दीदी!"

"अब क्या है?"

"अकसर मैं एक अज्ञात भय से ग्रस्त रहती हूँ।"

"अज्ञात भय से ग्रस्त रहती हो और वह भी तुम? कैसा भय है तुम्हें, जरा बताओ तो मुझे?"

मेरा स्वर पूरी तरह गंभीर था, जब मैं कहने लगी, "मुझे लगता है कि मुझे किसी प्रकार का वैवाहिक सुख नहीं प्राप्त होगा।"

"यह असंभव है, उर्मिला।"

"भविष्य किसने देखा है, दीदी!"

"ठीक कह रही हो। पर तुम एक तथ्य नहीं समझ पा रही हो।"

"मुझे बताओ न, क्या है वह तथ्य?"

"भूल रही हो तुम कि तुम सीरध्वज जनक की पुत्री हो।"

"इससे क्या होता है, दीदी। हर प्राणी का संसार में अपना-अपना भाग्य होता है।" मैंने कुछ दार्शनिकता से कहा।

तब सीता दीदी ने कहा, "हमारे पिता विदेह कहलाते हैं। जानती हो, क्यों?"

"क्यों? मैं आपके मुख से सुनना चाहती हूँ।"

"इसलिए कि वह साधारण मानव भावनाओं से उठकर जीवन जीते हैं। हमें उनके गौरव पर गर्व करना चाहिए।"

विषयांतर हो रहा था। मैं समझ गई थी कि दीदी मेरे प्रश्न का उत्तर देने से बच रही थीं।

"वास्तव में, हमें अपने पिता की विराटता पर गर्व होना चाहिए।"

तब सीता दीदी ने कहा, "देखती हो कि उनकी राजसभा में कितने बड़े-बड़े विद्वान् एवं परम वीतराग ऋषि-मुनियों का आना-जाना होता रहता है!"

वे सहसा हँसने लगी थीं।

"तुम अब हँस क्यों रही हो?" मैंने पूछा।

वे बोलीं, "मैं तुम्हारे ऊपर नहीं हँस रही हूँ, उर्मिला! मुझे सहसा कुछ स्मरण हो आया है।"

"मुझे भी बताओ न, दीदी।"

"तुमने ऋषि अष्टावक्र का नाम सुना है?"

"सुना है। क्या वही, जिनके आठ वक्र हैं? सुना है कि वे बुहत कुरूप हैं।"

"तुमने ठीक सुना है।" दीदी ने कहा।

"कैसे हो गए वे इतने कुरूप? सुना है कि उनके माता-पिता अत्यंत सुंदर थे।"

"ठीक सुना है।"

"फिर?"

"कहते हैं, जब वे माँ के गर्भ में थे तो उनके पिता अपनी पत्नी को, यानी कि उनकी माँ को अपने ग्रंथ का कुछ भाग सुना रहे थे। अष्टावक्र भी माँ के गर्भ से सबकुछ सुन रहे थे। अचानक उन्होंने अपने पिता के ग्रंथ में व्याकरण के एक दोष को बता दिया। इस पर अत्यंत कुपित हो उनके पिता ने उनको श्राप दे दिया कि उनके जन्म के साथ उनके आठ वक्र होंगे।"

"फिर क्या हुआ।"

"वे बहुत बुद्धिमान थे और बहुत छोटी अवस्था में ही वह ब्रह्मज्ञानी हो गए थे?"

"फिर?"

"एक दिन वह अपनी विचित्र चाल से चलते हुए हमारे पिताजी की राजसभा में पहुँच गए थे। पिताजी ने उनका स्वागत किया था। पर राजसभा में उपस्थित कुछ सभासद उनकी कुरूपता पर हँस पड़े थे। इससे पिताजी दुःखी हुए थे।

"'अरे, ये कहाँ आ गया मैं चर्मकारों की सभा में!' परिहास से कुपित हो ऋषि अष्टावक्र ने कहा।

"'यह क्या कह रहे हैं आप?' उनके कथन से रुष्ट हो कुछ विद्वानों ने कहा।

"'ठीक कह रहा हूँ।' ऋषि ने कहा।

"'कैसे?'

"'तुम मेरे शरीर, यानी कि मेरे चमड़े को देखकर मेरा आकलन कर रहे हो और यह काम केवल चर्मकार करता है।'

"इस पर अपनी भूल स्वीकार कर सबने ऋषि अष्टावक्र से क्षमा माँगी और उन्होंने सबको क्षमा भी कर दिया।

"एक बात और मुझे याद आ रही है, उर्मिला।"

"मैं सुनने के लिए आतुर हूँ, दीदी! कितनी संभावनाओं से भरी हुई है हमारे पिता की राजसभा।"

"ठीक कह रही हो, उर्मिला। यों ही नहीं कहलाते वे वीतराग।"

"मुझे कुछ और भी बताओ, दीदी!"

"ठीक है, बताती हूँ।"

"मैं कोई व्यवधान उत्पन्न नहीं करूँगी।" मैंने कहा।

दीदी कहने लगीं, "एक बार परम वैरागी नारद मुनि को जिज्ञासा हुई कि भोग-विलास से घिरे होने के पश्चात् भी हमारे पिताजी को 'वीतराग' क्यों कहा जाता है? इस जिज्ञासा के शमन हेतु वह स्वयं जनक दरबार में आ गए और पिताश्री से अपनी शंका का समाधान करने को कहा। भोजन आदि के पश्चात् पिताश्री ने कहा कि पहले आप जनकपुरी का अवलोकन

कर लें, फिर मैं आपके प्रश्न का उत्तर आपको दे दूँगा। उसी समय पिताजी ने उनके हाथों में तेल से लबालब भरा एक कटोरा रख दिया और अपने एक सैनिक को पीछे रखकर कहा कि तेल की एक भी बूँद गिरने पर वह नारद मुनि की गरदन काट ले। जब सारे नगर का चक्कर लगाकर नारदजी पिताश्री के पास वापस आए तो उन्होंने उनसे नगर के सौंदर्य के विषय में उनका विचार जानना चाहा। इस पर नारद ने कहा, 'हे राजन! मैं कुछ भी न देख सका। मेरा सारा ध्यान तेल के कटोरे पर ही जमा रहा।' इस पर मंद-मंद मुसकराहट के साथ हमारे पिताश्री ने कहा, 'हे महामुनि, यही आपके प्रश्न का उत्तर है। भोग-विलास के मध्य में रहते हुए भी मैं इसमें लिप्त नहीं हूँ।' ऋषि नारद आशीर्वाद देकर वहाँ से चले गए थे।"

"दीदी, कितना उदात्त है हमारे पिताश्री का व्यक्तित्व। मुझे पूरा विश्वास है कि वे हमारे लिए श्रेष्ठतम जीवन साथी ढूँढ़ेंगे।"

"चलो उर्मिला, अब हमें वापस चलना चाहिए।" दीदी ने कहा।

"दीदी, थोड़ी देर और रुको न।" मैंने अनुरोध किया।

"नहीं उर्मिला, अब और अधिक मैं यहाँ नहीं रुकना चाहती हूँ। सब हमारी प्रतीक्षा कर रहे होंगे।"

इस पर मैंने कहा, "तो ठीक है दीदी, मैं कुछ देर बाद वापस लौटती हूँ। तुम चलो।"

"मैं तुम्हें अकेले कैसे छोड़कर चली जाऊँ, उर्मिला? कितना विशाल है यह उपवन। कहीं भटककर तुम किसी संकट में न पड़ जाओ।'' दीदी ने चिंतित स्वर में कहा।

इस पर मैंने हँसते हुए कहा, "यहाँ कैसा संकट, दीदी! यह सीरध्वज जनक का उपवन है। राजा जनक के राज्य में परम शांति एवं सुरक्षा का बोध हर किसी का प्राप्त है। यहाँ के पुष्प, पौधे, वनस्पतियाँ, वृक्ष तथा समस्त जीव-जंतु एवं प्राणी उनके तप से संचालित होते हैं। यहाँ कैसा भय?"

इस पर हँसकर दीदी ने कहा, "ठीक है, शीघ्र आने का प्रयास करना। तुम्हारे हठ से सब डरते हैं।"

"ठीक है, मेरी प्यारी दीदी, मैं पहुँच जाऊँगी ठीक समय से और हाँ, मैं अपने को सुरक्षित भी रखूँगी।" मैंने उल्लासपूर्ण स्वर में कहा और आगे बढ़ गई थी।

मैं चारों ओर घूमते हुए उस मनोहारी उपवन का अवलोकन करने लगी। चारों ओर से प्रवाहित होनेवाली पुष्पों की सुगंध मुझे अपार आनंद दे रही थी। अपने भावों में खोई हुई मैं मंद-मंद स्वर में गीत गाने लगी थी। वहाँ फैली हुई स्तब्धता मुझे किसी प्रकार भयभीत नहीं कर रही थी। मेरा रोम-रोम एक दिव्यानुभूति से भर गया था। कितने सरस थे वे क्षण! शाम तेजी से फिसलती जा रही थी। तभी मुझे पास की झाड़ियों में कुछ सरसराहट-सी सुनाई दी। मैं शायद घूमते-घूमते काफी दूर निकल आई थी। फिर मैंने नदी की कल-कल ध्वनि सुनी। और आगे बढ़ने पर मैंने देखा कि मैं पावन गंगा नदी के तट पर पहुँच गई थी। माँ गंगा की तरफ से आनेवाले हवा के झोंकों में एक स्फूर्तिदायिनी शक्ति का बोध मुझे मिल रहा था।

···तभी झाड़ियों से निकलनेवाली सरसराहट एक फुफकार में बदल गई थी। मैं तेजी से मुड़ी तो मैंने देखा, एक विशाल सर्प मेरे सम्मुख था। उसके बड़े-बड़े नेत्रों में मुझे हिंसा का भाव दिखा। उसी समय उसने अपना मुँह खोल दिया। वह भूखा लग रहा था और मैं शायद उसके लिए सुंदर आहार थी। उसके बड़े-बड़े दाँत और लपलपाती जिह्वा ने मुझे बुरी तरह भयभीत कर दिया था। उसकी फुफकार से पेड़ों के पत्ते तक हिल रहे थे, आसपास के पुष्प और पौधे भी मुरझा-से गए थे। मैं एकदम जड़ अवस्था में पहुँच गई थी। मैंने भय से अपने नेत्र बंद कर लिये थे।

···तभी पीछे से मुझे अपने दाएँ कंधे पर किसी के स्पर्श का अनुभव हुआ। मैं उन क्षणों में इतनी भयभीत थी कि मुझे अपनी आँखें

खोलने का साहस भी नहीं हुआ। उस स्पर्श की मृदुता ने मुझे कुछ आश्वस्त कर दिया था। मैंने धीरे-धीरे अपनी आँखें खोलीं तो मैंने देखा कि वह एक उन्नत ललाट के तेजस्वी पुरुष थे। उनके नेत्रों में एक अद्वितीय चमक थी।

"डरो मत देवी, मैं आ गया हूँ न!"

मैंने भयभीत स्वर में कहा, "यह सर्प मुझे अपना आहार बनाना चाहता है।"

"अब चिंता की कोई बात नहीं। यह चुपचाप यहाँ से चला जाएगा, तुम्हें बिना कोई हानि पहुँचाए।" उन्होंने पूर्ण विश्वास भरे शब्दों में कहा।

उन्होंने मुझे अपने पीछे कर लिया था। वे फिर उस विशाल सर्प की ओर देखने लगे। मुझे उन क्षणों लगा कि उनके वक्षस्थल पर कुछ चित्र उभरकर आया था। उसे देखते ही उस महासर्प ने अपने मस्तक को पृथ्वी पर रख दिया, जैसे वह उस महाबाहु, बलश्रेष्ठ से क्षमा-प्रार्थना कर रहा हो।

"तुम अकेली इस समय इस उपवन में क्या कर रही हो, देवी?" उन्होंने प्रेम से मेरी ओर देखते हुए पूछा।

मैंने कहा, "मेरा नाम उर्मिला है। मैं महाराज जनक की पुत्री हूँ। आपने उस विकट, भयंकर महासर्प से मेरी रक्षा की, इसके लिए मैं आपको हृदय से धन्यवाद देती हूँ।" फिर मैं कुछ क्षणों के लिए चुप हो गई थी। वे निर्निमेष मेरी ओर देखने लगे थे। उनकी आँखों में मुझे अनुराग दिखा था। मुझे अब उनसे आँख मिलाने में संकोच हो रहा था। फिर मैंने धीमे स्वर में पूछा, "क्या मैं भी आपका परिचय जान सकती हूँ?"

उनके सुंदर मुखमंडल पर एक मुसकराहट आ गई थी और उन्होंने कहा, "उर्मिला, समय आने पर स्वयं मेरा परिचय तुम्हें मिल जाएगा। जाओ, अब निश्चिंत होकर वापस लौट जाओ।"

जिज्ञासा से भरी मैं घर वापस लौट आई थी। बार-बार रह-रहकर

उनका बिंब मेरे सम्मुख आता जा रहा था। फिर जब मैं दर्पण के सम्मुख खड़ी हो अपने वस्त्र बदल रही थी तो मैंने देखा कि मेरे हृदय-स्थल पर भगवान् शेषनाग का बिंब रह-रहकर उभर रहा था। मैंने उस बिंब को प्रणाम किया। मैं मन-ही-मन सोचने लगी कि क्या स्वयं भगवान् शेष मेरी रक्षा के लिए आए थे? उनके मानव रूप की उस कल्पना मात्र से मैं प्रेम से अभिभूत हो गई।

मेरे बचपन की सारी मधुर स्मृतियाँ मेरी अमूल्य धरोहर हैं। उनके सहारे में हर प्रकार की विपदा, हर प्रकार के कष्ट का सामना करने में सक्षम रही हूँ। अपने माता-पिता के संरक्षण में मेरा पूरा जीवन आनंद से भरा था। हमारे पिताश्री कन्याओं को पूर्ण स्वतंत्रता देने के पक्षधर थे। हमें अपने विचारों को व्यक्त करने की पूरी स्वतंत्रता थी। मैं बहुत अल्हड़ थी। मेरी संवेदना भी बहुत व्यापक थी हर क्षण मेरे भीतर एक विराट् ऊर्जा का संचार होता रहता था। मुझे संगीत एवं चित्रकला से गहरा अनुराग था।

पर सीता दीदी का स्वभाव ठीक मेरे विपरीत था। वे हमेशा धीर-गंभीर रहती थीं। उनके व्यवहार की शालीनता की सब प्रशंसा करते थे। वे सबकी दृष्टि में एक आदर्श कन्या थीं। उनके चरित्र की गरिमा का बखान सारे राज्य में होता था। कभी-कभी उनकी प्रशंसा से मुझे ईर्ष्या का भी अनुभव होता था। पर मैं उनसे बहुत प्रेम करती थी। वे भी मुझे बहुत प्रेम करती थीं।

...उनसे वाद-विवाद करना मुझे बहुत प्रिय था। वे अच्छी तरह समझती थीं कि जो कुछ भी मैं उनसे कहती थी, वह केवल मनारंजन के हेतु होता था और वे भी उस प्रक्रिया में पूरा सहयोग देती थीं। यह सब मैं अकसर माँ की उपस्थिति में ही करती थी। यद्यपि वे मुझे उलाहना देती रहतीं और मेरे उग्र स्वभाव की आलोचना करती रहतीं, फिर भी मैं अच्छी तरह जानती थी कि उन्हें मेरी जीवंतता से अगाध प्रेम था।

…कैसे मधुर थे वे क्षण!

“दीदी, मैं अपने को बहुत गौरवान्वित अनुभव करती हूँ।”

“यह तो बहुत अच्छी बात है। किंतु मेरे मन में एक संदेह उठता है, जब भी तुम अपने बारे में ऐसे विचार व्यक्त करती हो।” सीता दीदी ने मंद मुसकान से कहा।

“क्यों उठता है आपके मन में किसी प्रकार का संदेह? क्या आप मुझे झूठा समझती हैं?” मैंने कृत्रिम आवेश से पूछा।

इस पर वे हँसकर कहने लगीं, “नहीं, मेरी प्यारी बहन, तुम कभी झूठ बोल ही नहीं सकतीं।”

“क्यों नहीं बोल सकती मैं झूठ?” मैंने विवाद को बढ़ाने के लिए कहा।

“तुम्हें नहीं मालूम है?”

“नहीं मालूम है। आप बताने का कष्ट करें।”

“ठीक है, मैं बताती हूँ।” कहते हुए वे मेरी ओर देखने लगीं। फिर कुछ क्षण मौन रहने के बाद उन्होंने बहुत गर्व भरे शब्दों में कहा, “हम कैसे झूठ बोल सकती हैं। हम तो महान् राजा सीरध्वज जनक की पुत्रियाँ हैं। उनकी, जिनकी प्रशंसा बड़े-बड़े ऋषि-मुनि भी करते नहीं थकते हैं।”

सीता दीदी के इस कथन से मेरा समस्त मुखमंडल चमकने लगा था। मेरे मुँह से तब निकला, “सच में दीदी, हम कितनी भाग्यवान् हैं।”

“एक बात और भी है, उर्मिला!”

“बताओ न, दीदी।” मैंने उत्सुकतापूर्ण स्वर में अनुरोध किया।

अपने भावों में खोई हुई सीता दीदी ने कहा, “और यहाँ पर हमें इस बात का भी स्मरण रखना चाहिए कि राजा जनक की रानी, हमारी माँ सुनयना की गरिमा भी किसी प्रकार से कम नहीं है। सच तो यह है कि हमारे जीवन में इन दोनों की गरिमा व्याप्त है।”

हमारी माँ, रानी सुनयना, चुपचाप हम दोनों के बीच होनेवाले वार्त्तालाप को सुन रही थीं।

तभी मुझे परिहास करने का मन हुआ और मैं बोल पड़ी, "पर दीदी, मेरे मन में एक संदेह उठ रहा है।"

वे हँसने लगीं। मैं उनकी ओर जब देखने लगी तो उन्होंने कहा, "उर्मिला, तुम हर बात में संदेह करती रहती हो।"

"पर मेरा संदेह सत्य पर आधारित है।"

"चलो, ठीक है। जो भी यहाँ है, तुम अपने संदेह को व्यक्त कर दो।"

कुछ क्षण मौन रहने के बाद मैंने कहा, "जो कुछ भी आपने राजा सीरध्वज जनक और उनकी रानी सुनयना को लेकर कहा है, वह नितांत सत्य है और यह भी ठीक है कि हममें यह गरिमा विद्यमान है।"

"इसमें क्या संदेह है तुम्हें, उर्मिला?"

"इसी में तो मुझे संदेह है, दीदी।"

"क्या संदेह है, तुम्हें?"

"चलो, व्यर्थ की चर्चा में अपना समय नष्ट न करो तुम दोनों।" माँ ने कहा।

"नहीं माँ, हम इसके संदेह का निराकरण करेंगे।" सीता दीदी ने कहा।

"यह अवश्य कोई अप्रिय बात कहेगी।" माँ ने शंका व्यक्त की, "मैं हमेशा डरती रहती हूँ कि यह पता नहीं सबके सामने कब क्या कह दे।"

इस पर सीता दीदी ने हँसकर कहा, "नहीं माँ, मेरी बहन बहुत प्यारी है। मुझे इस पर पूरा विश्वास है। यह जो कुछ भी कहती है, वह ठीक होता है। उसमें कुछ भी निराधार नहीं होता है।" फिर कुछ रुककर मेरी ओर देखते हुए उन्होंने कहा, "उर्मिला, तुम पूरी तरह अपने मन की बात कह दो। राजा जनक के राज्य में संपूर्ण प्रजातंत्र है। यहाँ का हर निवासी धर्मचेता है।"

"मेरे मन में एक शंका है, दीदी।"

"ठीक है, कहो।"

"माँ, तुम भी सुनो, जो मैं कहने जा रही हूँ।" मैंने माँ की ओर देखते हुए कहा।

माँ को अज्ञात शंका ने घेर लिया, "तनिक सोच-समझकर बोलना, उर्मिला।" उन्होंने गंभीर स्वर में कहा।

"माँ, आप किसी प्रकार की शंका न करें। मैं किसी प्रकार के मिथ्या वचन से बचकर रहूँगी।"

"मुझे तुम पर पूरा विश्वास है।"

"दीदी, मेरे कथन की सार्थकता का निर्णय केवल आप ही करेंगी।"

"ठीक है, कहो।"

"क्या आप राजा जनक की दत्तक पुत्री नहीं हैं?"

"क्या मतलब?"

"मतलब स्पष्ट है।"

"मुझे कुछ समझ में नहीं आ रहा है, उर्मिला!"

"प्रश्न तो सरल है।"

"नहीं है।"

"आप सत्य को स्वीकार नहीं करना चाहती हैं।"

"तुम्हारा मंतव्य स्पष्ट नहीं है।" उन्होंने मंद स्वर में कहा।

"है।"

"कैसे?"

"आपका जन्म महाराज सीरध्वज और महारानी सुनयना के बीज से नहीं हुआ है।"

"फिर क्या?"

"इस चर्चा को यहीं समाप्त कर दो।" माँ ने कहा।

"इसे अपनी बात कहने दो, माँ।" दीदी ने कहा।

"ठीक है, तुम दोनों अपने मन की करो। मुझे इस सबसे दूर रखो।"

"कौन सा वार्त्तालाप गुपचुप माँ–बेटियों के मध्य चल रहा है?" पिताश्री ने कक्ष में प्रवेश करते हुए पूछ लिया।

"कुछ नहीं। हम आपस में कुछ चर्चा कर रहे थे।" सीता दीदी ने मंद स्वर में कहा।

"नहीं, कुछ बात तो है। तुम दोनों मुझे देखकर चुप क्यों हो गईं?" वे माँ की ओर देखकर बोले, "सुनयना, तुम बताओ कि किस विषय पर इतनी गंभीर मंत्रणा हो रही है?"

इस पर माँ ने कहा, "उर्मिला बहस कर रही है कि केवल उसमें महाराज सीरध्वज और रानी सुनयना के संस्कार पूर्णरूपेण विद्यमान हो सकते हैं, क्योंकि वह उनके मूल बीज से उत्पन्न हुई है।"

"यह तो नितांत अनुचित है, उर्मिला।" पिताश्री ने मेरी ओर देखते हुए कहा।

इस पर मैंने कहा, "पर यह सत्य तो है न कि केवल मैं ही एकमात्र आपके बीज से उत्पन्न हुई हूँ। इसलिए मैं आपके सारे संस्कार का प्रतीक भी हूँ।"

दीदी चुप रहीं।

पर माँ ने कहा, "उर्मिला, अब इस चर्चा को यहीं समाप्त कर दो।"

इस पर पिताश्री ने कहा, "सुनयना, राजा जनक के राज्य में किसी भी प्रश्न या शंका का समाधान अनिवार्य है। आज यदि मेरी स्वयं की पुत्री के मन में यह भाव उत्पन्न हो रहा है तो कल और किसी के मन में भी यही भाव आ सकता है।"

"पिताश्री ठीक कह रहे हैं, माँ। इस जिज्ञासा को केवल आयु से जोड़कर देखना उचित नहीं है। मुझे मालूम है कि महाप्रतापी महाराज सीरध्वज जनक के समाधान का मूल धर्म से ही जुड़ा होगा।" सीता दीदी ने मृदु स्वर में कहा।

पिताश्री ने उनकी ओर प्रेमपूर्ण दृष्टि डालते हुए कहा, "पुत्री उर्मिला,

तुम्हारी छोटी बहन है, उसकी बातों को गलत संदर्भ में मत देखना।"

तब दीदी ने कहा, "यह मेरे ह्रदय का स्पंदन है। मैं इसकी बातों का कतई बुरा नहीं मानती। पर रहा इसके प्रश्न का औचित्य, वह अपनी जगह पूर्णरूपेण सारगर्भित है। अब स्वयं मेरे मन में शंका हो रही है कि क्या दत्तक संतान में पालन-पोषण करनेवाले माता-पिता के संस्कार पूरी तरह से आ सकते हैं?" फिर वे पिताश्री की ओर देखते हुए बोलीं, "मुझे महान् प्रतापी राजा जनक से स्पष्ट उत्तर की अपेक्षा है।"

पिताश्री बहुत देर तक मौन रहे और अत्यंत गंभीर स्वर में बोले, "मेरे विचार से, इस प्रश्न के उत्तर में किसी प्रकार के भ्रम का होना अज्ञानता का परिचायक होगा। हमारे नैतिक गुणों तथा अन्य सभी प्रकार के संस्कारों की नींव हमारे परिवेश और हमारे पालन-पोषण से जुड़ी हुई है।"

"आप इसे कैसे सिद्ध कर सकते हैं, पिताश्री?" मैंने उनसे यों ही पूछ लिया।

"कर सकता हूँ।" वे बोले।

"स्वामी, इसे आपने बहुत सिर चढ़ा रखा है।" माँ ने कहा।

"सिद्ध करें, पिताश्री।" मैंने कहा।

इस पर पिताश्री गंभीर स्वर में बोले, "हमें यहाँ भक्त प्रह्लाद के वृत्तांत का स्मरण करना चाहिए। दैत्य कुल में उत्पन्न होने के बावजूद वे पूरी तरह से श्रीहरि के साथ पूरी निष्ठा से जुड़े रहे। संस्कार का कुल और गोत्र से कुछ लेना-देना नहीं। फिर मेरे विचार से, सीता की उत्पत्ति हम सबसे श्रेष्ठ है।" एक संक्षिप्त अंतराल के पश्चात् उन्होंने कहा, "सीता राजा सीरध्वज जनक और उनकी रानी सुनयना की पुत्री थी, है और रहेगी। वह इस मिथिला राज्य की प्रथम राजकुमारी है।"

उन क्षणों में मैं भी भाव-विभोर हो गई थी। मन-ही-मन मैं यह जानती थी कि दीदी का मुझसे अनन्य प्रेम था। न जाने क्यों, मैं उन पर अपना पूरा अधिकार समझती थी।

···चाचा कुशध्वज थे। उनकी पत्नी, मेरी चाची का नाम चंद्रभागा था। उनकी दो पुत्रियाँ थीं—मांडवी और श्रुतकीर्ति। जब कभी हम चारों एक साथ होतीं तो हमारी शरारतों की कोई सीमा नहीं होतो र्था। हमारी माताएँ हमें रोकने का असफल प्रयास करती रहती थीं। पर हम कहाँ सुनती थीं उनकी बात। हम चारों में सीता दीदी शांत बनी रहती थीं। उनका अकसर यह प्रयास होता था कि हमें नियंत्रण में रखें।

···समय बीतने के साथ ही हमारे स्वभात्र में भी परिवर्तन आने लगा था। अब हम अपने भविष्य के जीवन की भी चर्चा करने लगी थीं। एक दिन मैंने अपनी चाची और माँ के बीच के वार्त्तालाप को सुन भी लिया था।

"देखो दीदी, हमारी ये पुत्रियाँ देखते-देखते कितनी बड़ी हो गई हैं।"

"तुम ठीक कह रही हो, चंद्रभागा।" माँ ने कहा।

"क्या अब हमें इनके विवाह की चिंता नहीं करनी चाहिए?"

"तुम ठीक कह रही हो; पर कहाँ मिलेंगे चारों के लिए सुयोग्य वर, चंद्रभागा?" माँ ने कुछ चिंतित स्वर में कहा।

इस पर मेरी चाची ने माँ से कहा, "दीदी, आप ज्येष्ठ से अवश्य इस विषय में चर्चा करें।"

"ठीक है, मैं महाराज से इस विषय में चर्चा करूँगी, पर क्या तुमने कभी अपने पति से इस विषय में बात की है?"

"हाँ, की है।"

"क्या है उनका विचार?"

"उनका विचार है कि उनके बड़े भाई महाराज सीरध्वज जनक का ही निर्णय इस विषय में अंतिम होगा।"

माँ हँसने लगीं। और जब मेरी चाची उनकी ओर देखने लगीं तो वे बोलीं, "मुझे अच्छी तरह मालूम है कि महाराज सीरध्वज अपने को चार

बेटियों का पिता मानते हैं। और मैं यह भी जानती हूँ कि उन्हें इन चारों के विवाह की चिंता है।"

"किंतु मैं चाहती हूँ कि फिर भी आप जोर देकर इस बात को उनसे कहें।" चाची ने कहा।

…जब मैं सीता दीदी के कक्ष में पहुँची तो मांडवी और श्रुतकीर्ति वहाँ पहले से बैठी हुई वार्त्तालाप कर रही थीं।

"आओ दीदी, हम सब उपवन में चलें। देखो, बाहर कितना अच्छा मौसम है।" मांडवी ने प्रस्ताव रखा।

"चलो, हम लोग वहीं खेलें। मुझे बाहर खेलना बड़ा अच्छा लगता है।" श्रुतकीर्ति ने कहा।

"ठीक है। चलो, चला जाए।" सीता दीदी ने कहा।

"तुम भी चलो हमारे संग, उर्मिला।" मांडवी ने कहा।

"खेल लो, खेल लो बाहर उपवन में, जितना मन करे अभी।" मैंने हास्यपूर्ण स्वर में कहा।

"ऐसे क्यों बोल रही हो तुम? तुम्हारे स्वर में एक अजीब व्यंग्य लग रहा है।" मांडवी ने कहा।

"क्या बात है, उर्मिला?" सीता दीदी ने मेरी ओर देखते हुए कहा।

"कुछ तो बात अवश्य है! तुम्हारे स्वर में तो यही संकेत मिल रहा है।" मांडवी ने कहा।

"बताओ न हमें भी।" श्रुतकीर्ति ने कहा।

"अभी माँ और चाची हम सबका बोरिया-बिस्तर बाँधने की चर्चा कर रही थीं।"

"क्या अर्थ है इसका?" मांडवी और श्रुतकीर्ति ने एक स्वर में पूछा।

"सीता दीदी से पूछो इसका अर्थ।" मैंने कहा।

"दीदी, हमें बताओ न इसका अर्थ?" श्रुतकीर्ति ने कहा।

"इसका अर्थ है कि अब हम सब बड़ी हो गई हैं और हमारा समय हो गया है इस घर से विदाई का।" सीता दीदी ने कोमल स्वर में कहा। उनकी आँखों में मैंने उस पल एक विचित्र सी चमक देखी थी।

···दिन बीतते जा रहे थे। न जाने क्यों, भविष्य को लेकर मेरे मन में व्याकुलता बढ़ती जा रही थी। अब रोज रात्रि को स्वप्न में मुझे उस विराट् पुरुष के दर्शन होने लगे थे। उन क्षणों मुझको उनकी उपस्थिति में एक अद्भुत आकर्षण लगता था। यहाँ तक कि उनके स्पर्श की अनुभूति भी मुझे होती रहती थी।

मुझे लगता, जैसे कोई मुझे दूर से पुकार रहा है। मैं उस निद्रित अवस्था में भी अपने भीतर एक विचित्र-सी छटपटाहट का अनुभव करती थी। कभी-कभी मैं चौंक कर उठ जाती और अपने आसपास देखने लगती थी। वहाँ पर अपने को अकेला पाकर मैं अपने अंदर एक घने अवसाद का अनुभव करने लगती। मुझे समझ में नहीं आ रहा था कि वह कौन था, जो इस तरह बार-बार मेरे जीवन में प्रवेश कर रहा था, जैसे कि वह उसका जन्मसिद्ध अधिकार हो। मैं रोज उठने के बाद सोचती कि मैं उससे अवश्य अपने प्रश्नों का उत्तर प्राप्त करूँगी। पर उसकी उपस्थिति में मुझे कुछ भी खयाल नहीं रहता था। मैं उसे अपने हाथों की लकीरों में ढूँढ़ने का प्रयास करने लगी। फिर खयाल आया कि सिर्फ लकीरें ही हैं मेरे हाथों में बस, मैं कुछ नहीं।

"तुम क्यों बार-बार इस तरह मेरे पास आ जाते हो? कौन हो तुम?" एक बार मैंने उससे पूछ ही लिया।

वह हँसने लगा।

"अब इस तरह हँस क्यों रहे हो?" मेरा स्वर तिक्त हो गया था।

"क्या मैं तुम्हारी जाग्रत् अवस्था में तुम्हारे पास कभी होता हूँ?"

"नहीं, पर स्वप्न में तो आते हो।"

"इसमें मेरा क्या दोष?"

"है।"

"कैसे?"

"मत आया करो मेरे पास।"

"मुझे पसंद है तुम्हारा संग।"

"पर मुझे नहीं है।"

"यह तुम्हारा भ्रम है।"

"मैं भ्रमित हो जाती हूँ, यही कहना चाहते हो तुम?"

"तुमने ठीक समझा।" उसने बेबाक स्वर में कहा।

"तुम मुझे कोई मायावी लगते हो।" मैंने किंचित् आवेश में कहा।

"तुम्हारा कथन ठीक नहीं है।"

"क्यों नहीं है?"

"मैं कब तुम्हारे पास आता हूँ?"

"आते तो हो। पहले कभी-कभी आते थे, अब रोज आते हो।" मैंने उसकी ओर देखते हुए कहा।

"उर्मिला, एक बात पूछूँ, अगर तुम आज्ञा दो?"

"पूछो! आज मैं हर बात का स्पष्टीकरण लेकर रहूँगी।"

"किंतु तुम मिथ्या वचन तो नहीं बोलोगी?"

मैंने उसे कठोर दृष्टि से देखते हुए कहा, "शायद तुम्हें नहीं मालूम है कि मैं कौन हूँ!" मेरा स्वर गर्व से भर गया था।

"कौन हो तुम?" उसने कुछ व्यंग्य भरे स्वर में पूछा।

"मैं महाराज सीरध्वज जनक की पुत्री हूँ।"

"इससे तुम क्या प्रमाणित करना चाहती हो, देवी?" उसने प्रकांड औपचारिकता से पूछा।

"इससे यह सिद्ध होता है कि हम कभी भी मिथ्या संवाद नहीं कर सकते।" मैं कछ क्षणों के लिए चुप हो गई थी।

वह एकटक मेरी ओर देखने लगा था। न जाने क्यों मुझे अपने शरीर

में एक अजीब सी सिहरन महसूस होने लगी थी। फिर उस दीर्घ मौन को तोड़ते हुए मैंने पूछा, "क्या तुम अपने बारे में इतनी स्पष्टता से कोई कथन दे सकते हो?"

"दे सकता हूँ, उर्मिला।"

"फिर देते क्यों नहीं अपना परिचय?"

"अभी उसका समय नहीं आया है।" उसने मंद स्वर में कहा।

"अब करने लगे न बहानेबाजी। मुझे मालूम है कि तुम्हारे पास कहने को कुछ भी नहीं है। क्या है तुम्हारे पास अपना परिचय देने को?"

कुछ उत्तेजित हो उसने कहा, "बहुत कुछ है, पर अभी नहीं बताऊँगा। समय आने पर तुम्हें स्वयं सब पता चल जाएगा।"

"कुछ नहीं पता चलेगा।" मैंने कहा।

"ऐसा क्यों सोचती हो तुम?"

"इसलिए कि तुम्हारा पूरा आचरण संदेहपूर्ण है मेरी दृष्टि में।"

"तुम्हें अपनी दृष्टि व्यापक बनानी पड़ेगी, उर्मिला।" उसने अब सहज स्वर में कहा।

"और एक बात मैं तुमसे कहना चाहती हूँ।"

"कह दो। मैं सुनने के लिए तैयार हूँ। तुम कुछ भी कह दो, मैं बुरा नहीं मानूँगा।"

"तुम यहाँ इस तरह मत आया करो।"

"तो किस तरह आया करूँ?" उसने बहुत विनम्रता से पूछा।

उन क्षणों मुझे उसका कथन बुरा नहीं लगा था। फिर भी मैंने कृत्रिम कठोरता से कहा, "ठीक है, अब तुम्हारे यहाँ आने पर मैं पाबंदी लगाती हूँ। आज से, अभी इसी क्षण से।"

वह हँसने लगा। मैंने उसकी ओर घूरकर देखा।

"यह मैं नहीं कर सकता, उर्मिला।"

"क्यों नहीं कर सकते?"

"मैं यहाँ स्वयं नहीं आता हूँ।"

"स्वयं नहीं आते। तो किसके कहने पर आते हो तुम यहाँ?" मैंने तीव्र आक्रोश से पूछा।

"तुम्हारे कहने पर।" उसने कहा।

"मेरे कहने पर! कितना झूठ बोलते हो तुम!"

"मैं कभी झूठ नहीं बोलता, उर्मिला।"

"तो जो कुछ इस समय तुम कह रहे हो, क्या यह असत्य नहीं है?"

"नहीं है।"

"कैसे?"

"क्या मैं तुम्हें कभी तुम्हारी जाग्रत् अवस्था में दिखता हूँ?" उसने प्रश्न किया।

"नहीं दिखते।"

"तुम मुझे अपने स्वप्न में देखती हो न?"

"हाँ, स्वप्न में देखती हूँ।"

इस पर हँसते हुए वह कहने लगा, "अब तुम मुझे यह बताने का कष्ट करो कि जो कुछ भी तुम अपने स्वप्न में देखती हो, उसके लिए मैं कैसे दोषी ठहराया जा सकता हूँ?"

"यह तो ठीक है। तुम्हारा तर्क प्रभावपूर्ण है।"

"पर मुझे कारण मालूम पड़ गया है।"

"तुम समझ गए इसका कारण?"

"समझ गया हूँ।"

"मुझे नहीं बताओगे?"

"बताऊँगा।"

"बताओ।"

"इसका कारण जो मुझे समझ में आता है, वह यह है कि शायद अब तुम हर समय मेरे बारे में ही सोचती रहती हो।" उसने गंभीर स्वर में

कहा। कुछ क्षण रुकने के पश्चात् वह बोला, "हम स्वप्न में वही देखते हैं, जिसकी हम निरंतर कामना करते रहते हैं।"

"इसका मतलब है कि अब मैं तुम्हारी निरंतर कामना करने लगी हूँ?" मैंने अत्यंत कुपित स्वर में पूछा।

इस पर उसने हँसते हुए कहा, "तुम्हारे इस क्रोध से मेरे कथन की पुष्टि होती है, उर्मिला।"

उसके शब्दों ने आग में घी का काम किया।

"अब तुम तुरंत यहाँ से चले जाओ!" मैंने चिल्लाकर कहा।

...मेरी नींद खुल गई थी। सुबह का प्रकाश चारों ओर फैल चुका था। मैंने देखा कि सीता दीदी, मांडवी और श्रुतकीर्ति समक्ष खड़ी हो मंद-मंद मुसकरा रही थीं।

"इस तरह किसे यहाँ से भगा रही हो, उर्मिला?" मांडवी ने परिहास भरे शब्दों में पूछा।

"अरे, हमें भी बताओ, कौन है हमारे होनेवाले... ?" श्रुतकीर्ति ने अपना वाक्य अधूरा छोड़ दिया।

"हमें लगता है कि हमें माँ और बड़ी माँ को यह बता देना चाहिए कि उर्मिला के विवाह की चिंता को त्याग दें। उसे अपना जीवन-साथी मिल गया है।" मांडवी ने कहा।

इस पर सीता दीदी ने उन दोनों को डाँटते हुए कहा, "क्यों परेशान करती हो इसे? कोई स्वप्न देख रही होगी। क्या स्वप्न के अनुभवों को वास्तविक जीवन में महत्त्व देना उचित है?"

बात आई-गई हो गई, पर मुझे लगा कि सीता दीदी बाद में मेरे स्वप्न के बारे में विस्तार से चर्चा करेंगी। मेरा अनुमान सत्य निकला।

"क्यों उर्मिला, स्वप्न में तुमने किसे देख लिया? मैं उत्सुक हूँ। मुझे विस्तार से बताओ।" सीता दीदी ने अनुरोधपूर्ण स्वर में कहा।

मैंने उन्हें सारी बातें विस्तार से उनके कक्ष के एकांत में बताईं,

"दीदी, मेरे स्वप्न को अधिक महत्त्व न दें। मुझे नहीं समझ में आ रहा है कि मेरा स्वप्न का बार-बार देखना किस बात का संकेत है?"

"पर मुझे समझ में आ गया है, उर्मिला।"

जब मैं उनकी ओर देखने लगी तो उन्होंने कहा, "मुझे लगता है कि शीघ्र तुम्हारे जीवन में कोई तुम्हें प्रगाढ़ प्रेम करनेवाला आने वाला है।"

उन क्षणों मुझे न जाने क्यों लगने लगा कि सीता दीदी को भविष्य में घटने वाली घटनाओं का बोध था। वे हर रूप में हम अन्य बहनों से भिन्न थीं।

...हमारे उस विराट् एवं भव्य भवन में अनगिनत कक्ष थे। वहाँ पर एक कक्ष बहुत विशाल था। भवन के मध्य में एक विशाल चबूतरा भी था।

उस कक्ष के दाईं तरफ एक ऊँचे उठे स्थान पर एक धनुष रखा था। कई वर्षों से वह उसी स्थान पर था। एक बार हम चारों बहनें घूमते हुए उस कक्ष में पहुँच गई थीं।

"यह धनुष यहाँ क्यों ऐसे पड़ा है?" सहसा मांडवी ने हम सबसे पूछ लिया था।

"हाँ, मैं भी जानना चाहती हूँ इसके विषय में।" श्रुतकीर्ति ने भी कहा।

"मुझे भी इसकी विशेष जानकारी नहीं है। शायद सीता दीदी इस पर कुछ प्रकाश डाल सकें।" मैंने सीता दीदी की ओर देखते हुए कहा।

सीता दीदी के बोलने के पहले महल की एक वयोवृद्ध परिचारिका, जो वहाँ पर हमारे पीछे-पीछे आ गई थी, बोली, "मुझे इस धनुष की जानकारी है।"

"तो हमें बताओ न इसके विषय में।" हम चारों ने एक स्वर में कहा।

हमारे स्वर की जिज्ञासा उसे धनुष के बारे में सूचना देने के लिए प्रेरित कर रही थी।

"बात यह है कि यह धनुष विशेष है।"

"यह धनुष विशेष है?" मांडवी ने पूछा।

"हाँ, विशेष है।" उसने श्रद्धापूर्ण स्वर में कहा।

"क्या विशेषता है इसकी?" श्रुतकीर्ति ने पूछा।

"तुम्हें इसके बारे में जो कुछ भी मालूम है, वह हमें बताओ।" मैंने कहा।

इस पर परिचारिका ने कहा, "मैं वर्षों से इस कक्ष की देख-रेख एवं स्वच्छता का दायित्व निभा रही हूँ। मुझसे यह कहा गया है कि यह भगवान् शिव का धनुष है।"

"और क्या जानती हो तुम इस बारे में?" मांडवी ने पूछा।

"बस, इससे अधिक मुझे कुछ भी नहीं ज्ञात है।" परिचारिका ने कहा।

हम सब बोल रही थीं, पर सीता दीदी चुप थीं। मैंने देखा कि वे बड़े स्नेहपूर्ण दृष्टि से उस शिव धनुष को एकटक निहार रही थीं।

"आप क्या देख रही हैं, सीता दीदी?" श्रुतकीर्ति ने पूछ लिया।

"इस धनुष के आसपास और नीचे के हिस्से में क्यों तुमने सफाई नहीं की है?" उन्होंने परिचारिका की ओर देखते हुए पूछा।

"यह असंभव है, राजकुमारी।"

"क्यों?" मांडवी ने पूछा।

"इसे कोई अपने स्थान से हटा नहीं पाता है। इसीलिए इस हिस्से में सफाई का अभाव है।" परिचारिका ने कारण बताते हुए कहा।

मांडवी अपने को हम सबसे अधिक बलवान् मानती थी। वह हँसकर बोली, "वाह, मांडवी के रहते यह कौन सी समस्या है! मैं अभी हटा देती हूँ इस धनुष को। तुम सफाई कर लेना।"

इस पर श्रुतकीर्ति कहने लगी, "तुम अपने बल का प्रदर्शन फिर करना, पहले मुझे इस धनुष को उठाने दो।"

"ठीक है, तुम ही यह काम कर लो, मेरी बहन। मुझे लगता है कि मेरी जैसी बलवान् कन्या के लिए इतना हीन कार्य शोभनीय नहीं है।" मांडवी ने गर्व भरे शब्दों में कहा।

श्रुतकीर्ति आगे बढ़ी और धनुष को उठाने की चेष्टा करने लगी। पर वह अपने स्थान से हिला भी नहीं। उसका सारा प्रयास विफल रहा। वह पसीने से तर-बतर हो गई।

"लगता है कि तुम महाराज कुशध्वज और रानी चंद्रभागा का नाम डुबो दोगी। हटो, मैं कर देती हूँ यह आसान-सा कार्य चुटकी बजाते।" मांडवी ने गर्वपूर्ण स्वर में हम सबकी ओर देखते हुए कहा।

उसने भी बहुत विकट प्रयास किया, पर वह विशाल धनुष हिला भी नहीं। थककर मांडवी सिर झुकाकर खड़ी हो गई।

"देखा राजकुमारीजी, कितना असंभव है यह कार्य!" परिचारिका ने हर्षपूर्ण स्वर में कहा।

"चलो, हम सब यहाँ से वापस चलते हैं।" सीता दीदी ने अत्यंत कोमल स्वर में कहा।

"नहीं, हम अब इस कार्य को किए बिना यहाँ से नहीं हटेंगी।" मैंने कहा और उन सबकी ओर देखने लगी। "अभी महाराज सीरध्वज जनक की पुत्री ने प्रयास नहीं किया है। चलो, अब देखो मांडवी, मैं किस प्रकर से इस धनुष को हटाती हूँ।"

धनुष को छूते ही मुझे लग गया था कि उसे वहाँ से हटाना कोई बच्चों का खेल नहीं था। अपने सारे प्रयास के बाद भी मैं विफल रही। श्रुतकीर्ति और मांडवी मेरी दशा को देखकर हँसने लगी थीं।

"उर्मिला, जिस कार्य को मांडवी न कर सकी, उसे तुम कैसे कर सकती हो?"

"क्यों न हम सब इसे मिलकर उठाएँ।" तभी श्रुतकीर्ति ने प्रस्ताव रख दिया।

"यह ठीक कह रही है, उर्मिला।" मांडवी ने प्रस्ताव का अनुमोदन करते हुए कहा। कुछ क्षण मौन रहने के बाद मेरी ओर देखते हुए उसने कहा, "हमारे मध्य कैसा संकोच? हम बहनें हैं। हमारा लक्ष्य कार्य की सफलता होनी चाहिए। चलो, हम सब मिलकर इस कार्य को संपन्न करें।"

"तुम्हारा कथन ठीक है, मांडवी। चलो, हम अपनी सामूहिक शक्ति का प्रयोग कर इस धनुष को यहाँ से हटाते हैं।" मैंने कहा।

हम तीनों धनुष के निकट खड़ी थीं। सीता दीदी अपने स्थान पर खड़ी रहीं।

"दीदी, तुम भी आओ न हमारे संग।" श्रुतकीर्ति ने कहा।

"नहीं बाबा, तुम लोग करो प्रयास! मुझे अपनी कमर में पीड़ा नहीं उत्पन्न करनी है।" सीता दीदी मंद स्वर में बोलीं।

सारे प्रयास के बावजूद हम धनुष को हिला भी न सकीं। हमने प्रयास करना छोड़ दिया।

"चलो, तुम सब असफल रहीं, अब मैं भी प्रयास कर देख लेती हूँ।" सीता दीदी ने कहा।

इस पर श्रुतकीर्ति, मांडवी और मैं जोर से हँसने लगीं। यहाँ तक कि परिचारिका भी हँसने लगी थी।

"चलो राजकुमारी सीता, आप भी प्रयास कर संतुष्ट हो जाओ कि जिस धनुष को तीन बलशाली राजकुमारियाँ मिलकर हिला भी न सकीं, उसे सबसे कोमल और दुर्बल राजकुमारी कैसे हटाती है!"

"ठीक है, मैं प्रयास करती हूँ।" कहते हुए सीता दीदी धनुष के पास जाकर खड़ी हो गईं।

उन्होंने पहले उस धनुष को प्रणाम किया और फिर ध्यान मग्न हो आँखें बंद कर लीं। हम सब यह देखकर मुसकराती रहीं। हमें लगा कि वे

व्यर्थ का नाटक कर रही थीं। पर उसी क्षण जो हमारी आँखों के सामने घटित हुआ, वह आश्चर्यजनक था। सीता दीदी ने अपनी आँखें खोलीं। उनमें एक विलक्षण चमक थी। फिर कुछ क्षणों तक वे निश्चल खड़ी रहीं और नीचे झुककर अपने दाएँ हाथ से वह धनुष उठा लिया। फिर क्षिप्र गति से चलते हुए उन्होंने उस विशाल धनुष को कक्ष के मध्य स्थित उस चबूतरे पर रख दिया था।

…हम सबने तालियाँ बजाकर सीता दीदी की प्रशंसा की। उसी समय पिताश्री, हमारी माता और मेरे चाचा-चाची ने उस कक्ष में प्रवेश किया। उनके साथ कई अन्य व्यक्ति, सभासद एवं कुलगुरु भी थे।

"क्यों पुत्रियो, बहुत प्रसन्न दिख रही हो? क्या बात है?" उन्होंने पूछा। फिर सहसा उनकी दृष्टि चबूतरे पर रखे हुए शिव धनुष पर पड़ी।

"अरे, यह कैसे यहाँ आ गया?" उन्होंने विस्मित स्वर में हम सबकी ओर देखते हुए पूछा।

"यह सीता दीदी ने किया।" श्रुतकीर्ति ने कहा।

"वे धनुष के नीचे और आसपास के स्थान पर सफाई करवाना चाहती थीं, पिताश्री।" मैंने उनकी ओर देखते हुए सूचना दी।

मेरी बात सुनते ही उनके चेहरे की चमक बढ़ गई थी। फिर हम सब की ओर देखते हुए वे बोले, "आज, अभी, इसी कक्ष में आप सबके सम्मुख यह सीरध्वज जनक घोषणा करता है कि मैं अपनी पुत्री सीता का स्वयंवर इसी कक्ष में करूँगा। और वह भी उसके साथ, जो इस महान् शिव धनुष को उठाकर इसकी प्रत्यंचा को चढ़ा सकेगा।" वे रुके और फिर अपने भाई महाराज कुशध्वज की ओर देखते हुए बोले, "कुशध्वज, इस सारे आयोजन का कार्यभार मैं तुम्हें सौंपता हूँ।"

"महाराज की आज्ञा शिरोधार्य है। आज यह हमारे परिवार के लिए एक बहुत गौरवशाली दिन है।" महाराज कुशध्वज ने अपनी गूँजती आवाज में सबकी ओर देखते हुए कहा।

महाराज सीरध्वज जनक ने फिर कुलगुरु की ओर देखते हुए निवेदन किया, "हे मुनिश्रेष्ठ, अब आप स्वयंवर का शुभ मुहूर्त निकालकर विवाह की संपूर्ण प्रक्रिया को गति प्रदान करें।"

...सीता दीदी के विवाह की चर्चा चारों ओर फैल गई थी। अब प्रतिदिन हमारे परिवार में एक ही विषय पर चर्चा होने लगी थी और वह विषय था—सीता दीदी का विवाह।

घटनाचक्र तेजी से बदलने लगा था। संपूर्ण मिथिला राज्य को भव्य रूप से सजाया जाने लगा था। हम तीनों बहनें भी अपना अधिक-से-अधिक समय सीता दीदी के कक्ष में बिताने लगी थीं। हमारा अधिकतर समय लगता था उनके होनेवाले पति की परिकल्पना करने में।

"दीदी, जब तुम यहाँ से चली जाओगी तो हमारा मन कैसे लगेगा?" एक दिन श्रुतकीर्ति ने सीता दीदी से पूछा था।

"सच जानना चाहती हो, श्रुतकीर्ति?"

"हाँ, जानना चाहती हूँ।"

इस पर हँसते हुए सीता दीदी ने कहा, "मैं तुम सबके बिना नहीं जा सकती। इसलिए मैं तुम सबको अपने साथ लेकर जाऊँगी।"

सीता दीदी के स्वयंवर का आयोजन बहुत बड़े पैमाने पर किया गया था। हमारे सारे संबंधी एवं कुटुंब के सारे सदस्य काफी पहले से हमारे यहाँ आ गए थे। सारे नगर, सारे राज्य को बड़े मनोयोग से सजाया गया था। हमारे नगर के वैभव की छटा कई गुना बढ़ गई थी। पिताश्री ने हर प्रकार के आभूषण एवं वस्त्र केवल सीता दीदी के लिए नहीं, बल्कि हम सब बहनों के लिए बनवाए थे।

"मांडवी, कहीं पिताश्री सीता दीदी का विवाह करने के साथ-ही-साथ हमारे विवाह की योजना तो नहीं बना रहे हैं!" मैंने पहरिहास पूर्ण स्वर में एक दिन मांडवी से पूछ लिया था।

"हाँ, शायद तुम ठीक कह रही हो! महाराज के मस्तिष्क में कौन

सी योजना चल रही है, इसे कौन जान सकता है!" मांडवी ने कहा।

"अगर हम सब का विवाह एक ही घर में हो जाए तो कितना अच्छा रहेगा!" श्रुतकीर्ति ने प्रसन्न स्वर में कहा।

उसके इस कथन पर मांडवी और मैं दोनों हँस पड़ी थीं।

"तुम अभी बहुत भोली हो, श्रुतकीर्ति।" मांडवी ने कहा।

"चलो, यदि तुम्हारे कथन को मान भी लिया जाए तो ऐसा राजपरिवार कहाँ मिलेगा, जहाँ पर एक साथ चार कुँवारे भाई मिल जाएँ?" मैंने श्रुतकीर्ति से कहा।

"भाग्य हो तो सबकुछ संभव है।" सीता दीदी ने हमसे कहा। फिर कुछ चुप रहने के पश्चात् वे बोलीं, "पहले तो यही नहीं ज्ञात कि स्वयंवर की शर्त को कोई पूरा कर सकेगा या नहीं। अगर कोई यह कार्य संपन्न कर भी सका तो न जाने वह कौन होगा!" उनकी आँखों में मुझे उस क्षण गहरी चिंता का भाव दिखा था। फिर हम सब की ओर देखते हुए वे बोलीं, "मेरी बहनो, मेरा मन बहुत व्याकुल है।"

मैंने उनके हाथों को पकड़ लिया और फिर दिलासापूर्ण स्वर में बोली, "सीता दीदी, मुझे पूरा विश्वास है कि तुम्हें इस संसार का सर्वश्रेष्ठ पुरुष पति रूप में प्राप्त होगा।"

"मुझे भी उर्मिला की तरह अनुभूति हो रही है, सीता दीदी।" मांडवी ने धीरे, परंतु स्पष्ट स्वर में कहा।

"दीदी, मैं तुम्हारे पति को बहुत सताऊँगी!" हँसते हुए श्रुतकीर्ति भी बोल पड़ी।

"चलो, हम सब अब इस विषय में कोई चर्चा नहीं करेंगे। जब भाग्य को ही सबकुछ निश्चित करना है, तब हमें स्वयं की चिंता करने की तनिक भी आवश्यकता नहीं है।" माँ, जिन्होंने हमारी सारी बात सुन ली थी, ने हमारा ध्यान अपनी ओर खींचते हुए कहा।

"चलो, अब किसी प्रकार की चिंता को त्याग दो और आनेवाले

एक अच्छे भविष्य की कल्पना करो।" चाची चंद्रभागा ने कहा।

विवाह के इच्छुक राजे, महाराजे और नरेशों ने मिथिला नगर में आना शुरू कर दिया था। उनमें लंकापति रावण भी था। उसका व्यक्तित्व काफी आकर्षक और सबसे भिन्न लग रहा था। नगर की गहमागहमी बढ़ गई थी। बाहर से आए समस्त अतिथियों का ध्यान रखना मिथिला के निवासियों ने अपना परम दायित्व माना था उन दिनों में। संपूर्ण नगर को नई-नवेली दुलहन की तरह सजा दिया गया था।

हम सब बहनें अब अधिकतर साथ निकलतीं और साथ रहने का प्रयास करती थीं। खासकर मैं अपना अधिकांश समय सीता दीदी के साथ ही बिताने का प्रयास करती थी। उन्हें मेरा साथ बहुत भाता था। इसका यह कतई अर्थ नहीं था कि वे मांडवी और श्रुतकीर्ति को कम प्रेम करती थीं। पर उनका मेरे प्रति जो अनुराग था, उसके पीछे मूल कारण यह था कि हम दोनों का बचपन साथ-साथ बीता था। विचारों एवं भावों की संप्रेषिता हम दोनों के मध्य बहुत गहरी थी। उनके मन में उठने वाले विचारों का बोध मुझे सहज में हो जाता था। उनको भी मेरे मन की बात व्यक्त होने के पहले ही पता चल जाती थी।

···स्वयंवर का दिन राज ज्योतिषी ने निश्चित कर दिया था। मेरे चाचा राजा कुशध्वज अब विवाह की तैयारी में पूरी तरह संलग्न हो चुके थे। मेरी चाची चंद्रभागा घर के, परिवार के भीतर के प्रबंधन में व्यस्त हो चुकी थीं। समस्त नगर की चेतना उन दिनों बदल गई थी।

···सारी व्यस्तता के होते हुए भी सीता दीदी और मैं अपने लिए एकांत के कुछ क्षण चुरा लिया करते थे। हमारे मध्य के वार्त्तालाप हमारी मनोदशा का स्पष्ट संकेत देते थे।

"उर्मिला, क्या मुझे अपने मन का साथी प्राप्त होगा ?" उन्होंने पता नहीं क्यों एक दिन महल की विशाल वाटिका में पुष्प चुनते हुए पूछ लिया था।

"आपके मन में यह संदेह क्यों आ रहा है इस समय, दीदी ?"

"बस, यों ही।"

"नहीं, आपके मन में अवश्य कुछ है, जो आप मुझे नहीं बताना चाहतीं।"

"मेरा विश्वास कर बहना, मेरे मन में ऐसा कुछ भी नहीं है, जिसे मुझे तुमसे छुपाने की आवश्यकता पड़े।" उन्होंने एक साँस में कह दिया और फिर कुछ क्षणों के विश्राम के बाद बोलीं, "फिर भी, न जाने क्यों, मेरा मन शंकित होता रहता है।"

"क्या आपकी कल्पना में किसी पुरुष की छवि है ?"

"है भी तो क्या!"

"जैसे कि मेरे मन में।" मैंने स्पष्ट किया।

"हाँ, है तो।" उन्होंने मंद स्वर में मुसकराकर कहा।

"वाह सीता दीदी, आप तो सबसे आगे निकलीं! अभी तक किसी को भी आपके मन का बोध न था। पर बताओ, किस प्रकार के पुरुष को जीवन साथी के रूप में तुम प्राप्त करना चाहती हो ?"

"मुझे श्रीहरि की तरह का जीवन-साथी चाहिए।" वे मेरी ओर देखते हुए कहने लगीं।

न जाने कैसे, मेरे भीतर बात उठी कि मैंने उनसे कहा, "आपको श्रीहरि ही पति-रूप में प्राप्त हों।"

"तुम मुझसे बहुत अधिक प्रेम करती हो न, इसीलिए इतनी बड़ी बात कह रही हो।" उन्होंने उलाहना भरे स्वर में कहा।

इस पर मैंने कहा, "क्या आप स्वयं लक्ष्मी का साक्षात् रूप नहीं लगतीं ? कितना कांतिमय है आपका यह रूप!"

वे प्रसन्न हो गईं। फिर बोलीं, "लगता है, आज तू मुझ पर दृष्टि लगाकर मानेगी।"

"ठीक है, मैं आपको अपनी आँखों से काजल निकालकर टीका

लगा देती हूँ। और फिर आप हर प्रकार की नजर से बची रहोगी।"

इस तरह हँसते-बोलते हम वाटिका में बहुत दूर निकल आई थीं। वाटिका के उस भाग से हम भी अभी तक अपरिचित रही थीं।

"वाह, कितनी अद्भुत छटा है यहाँ!" सीता दीदी के मुँह से अनायास निकल पड़ा।

"ठीक कह रही हो। कितना भव्य है यहाँ प्रकृति का दर्शन!"

वे कुछ कहना चाहती थीं, तभी ठिठककर रुक गई थीं। सामने राजसी वेशभूषा धारण किए दो सुदर्शन पुरुष खड़े थे। उनमें से जो बड़े थे, वे एकटक सीता दीदी को प्रेममय दृष्टि से देख रहे थे। उनसे नेत्र मिलते ही सीता दीदी का मुखमंडल लाल हो गया था और उन्होंने शर्म से अपनी बड़ी-बड़ी आँखें झुका ली थीं।

दूसरे व्यक्ति को अभी तक मैं स्पष्ट रूप से नहीं देख सकी थी। उस पर दृष्टि पड़ते ही मैं चौंक गई थी। उसकी शक्ल, आकार और डील-डौल पूरी तरह उसकी तरह लग रहा था, जो नित्य मुझे अपने स्वप्न में दिखाई पड़ता था। वे हमारे पास आकर खड़े हो गए थे।

"आप यहाँ क्या कर रहे हैं? आप कौन हैं? यह राजभवन की अपनी वाटिका है। यहाँ पर कुछ व्यक्तियों को छोड़कर अन्य सब का प्रवेश वर्जित है।"

उसमें जो कुछ बड़े लग रहे थे, बोले, "हम अनजाने में भटककर यहाँ आ गए हैं और अब यहाँ से बाहर निकलने का मार्ग ढूँढ़ रहे हैं। यहाँ की भव्यता ने हमारा मन मोह लिया है।"

"आप इस नगर में किसलिए आए हैं?" मैंने फिर प्रश्न किया।

उस सुदर्शन पुरुष ने कहा, "मैं अयोध्यापति महाराज दशरथ का ज्येष्ठ पुत्र राम हूँ और यह मेरा अनुज लक्ष्मण है। हम अपने गुरु ऋषि विश्वामित्र के साथ महाराज जनक की पुत्री सीता के स्वयंवर में सम्मिलित होने आए हैं।" फिर कुछ क्षणों के मौन के पश्चात् उन्होंने पूछा, "और आपका क्या परिचय है?"

इस पर मैंने बिना संकोच के कहा, "हम भी विवाह में सम्मिलित होने आई हैं। हम राजपरिवार के निकट संबंधी हैं।"

उन दोनों को प्रणाम कर हम महल वापस लौट आए थे। पर बार-बार मेरा ध्यान उस आकस्मिक भेंट की ओर न जाने क्यों चला जा रहा था। सीता दीदी की भी लगभग यही मानसिक अवस्था मुझे लग रही थी। पर हम दोनों उस मुलाकात का लेकर मौन थीं। मन-ही-मन मुझे लग रहा था कि हमारा प्रारब्ध निरंतर बलशाली हो रहा है।

…स्वयंवर का दिन भी आ ही गया। आयोजन स्थल की भव्यता की तुलना देवलोक से की जा सकती थी। अनेक बलशाली विभूतियाँ विवाह की कामना ले वहाँ विराजमान थीं। सर्वप्रथम शंखनाद और भेरियों के मध्य धनुष के सामने खड़े हो महाराज जनक ने उसकी आरती उतारी। उसके पश्चात् महाराज जनक की ओर से धनुष के संधान की घोषणा की गई। इसके पश्चात् कई गौरवशाली राजे-महाराजों ने प्रयास किया, पर शिव धनुष को टस से मस न कर सके। वे सब लज्जित होकर अपने स्थानों पर वापस आकर बैठ गए।

इसके बाद रावण उठा। उसकी गरिमा को देख समस्त सभागृह आश्चर्य से भर गया था। सबको लगा कि वह धनुष के संधान को आसानी से कर लेगा। मैंने देखा कि सीता दीदी के नेत्रों में एक अज्ञात-सा भय उभर आया था। पर मैं पूरी तरह शांत थी। रावण मुझे बड़ा अहंकारी प्रवृत्ति का व्यक्ति लगा था।

धनुष की ओर देखते हुए वह बोला, "हे जनक! तुम मेरे बल से परिचित नहीं हो। चलो, अपनी पुत्री के विवाह की तैयारी करो। अभी कुछ ही क्षणों में मैं इस धनुष को भंग कर तुम्हारा जामाता बन जाऊँगा। अब सारे अवसाद से मुक्त हो मंगल गान का आयोजन करो। कुछ ही पल के पश्चात् मैं तुम्हारी पुत्री के कौमार्य और उसके सौभाग्य का स्वामी बन जाऊँगा।"

रावण की घोषणा से सीता दीदी के चेहरे का रंग उड़ गया था। पर कुछ दूर मैंने राम एवं उनके अनुज लक्ष्मण को उनके गुरु के साथ विराजमान देखा। मैंने देखा कि राम का चेहरा एकदम शांत था और वे तनिक भी विचलित नहीं लग रहे थे। उनको आश्वस्त देख मेरे मन की चिंता भी तिरोहित हो गई थी।

रावण धीरे-धीरे धनुष के सम्मुख आकर उसे देखने लगा। सारे सभागार में एक मौन व्याप्त हो गया था।

फिर जैसे ही रावण ने धनुष की ओर हाथ बढ़ाया, आकाशवाणी होने लगी—

"ठहर जा, रावण!"

"क्यों ठहर जा? मैं यहाँ स्वयंवर में सम्मिलित होने आया हूँ।"

"लंका को इसी क्षण तुम्हारी आवश्यकता है।" आकाशवाणी ने कहा।

"क्यों? क्या आवश्यकता है?"

"तुम्हारे शत्रु ने लंका पर आक्रमण कर दिया है।"

"कोई बात नहीं, लंका की रक्षा के लिए मेरा पुत्र मेघनाद और मेरा भाई कुंभकर्ण पर्याप्त हैं।" रावण ने हँसते हुए कहा।

आकाशवाणी ने फिर कहा, "उनके सहारे इस समय लंका की रक्षा नहीं हो सकती है।"

"क्यों नहीं हो सकती? कौन कर सकता है इस संपूर्ण ब्रह्मांड में उन दोनों का सामना?" रावण ने गरजकर कहा।

इस पर आकाशवाणी ने कहा, "हे लंकापति रावण! मूर्खता भरी ये बातें तुम्हारे जैसे विद्वान् को शोभा नहीं देतीं।"

"क्या मंतव्य है तुम्हारा अज्ञात आकाशवाणी? मुझे तो यह मेरे शत्रुओं द्वारा रचित कुचक्र लग रहा है।" रावण ने गर्वपूर्ण स्वर में कहा।

तब आकाशवाणी ने कहा, "मंद बुद्धि, अहंकारी राक्षस! तुझे क्या

यह नहीं ज्ञात है कि समय-काल से बलवान् और कोई शक्ति इस ब्रह्मांड में नहीं है? अभी भी समय है, जा अपने राज्य और वहाँ की स्त्रियों के सम्मान की रक्षा कर।"

रावण ने तब महाराज जनक की ओर देखते हुए ऊँचे स्वर में कहा, "राजा जनक, इस समय मुझे विवश होकर यहाँ से जाना पड़ रहा है। पर समय आने पर मैं कथा का रुख बदल दूँगा।"

फिर रावण वहाँ से चला गया था। सारी सभा में एक सन्नाटा-सा छा गया था। उसके पश्चात् कई अन्य नरेशों ने प्रयास किया, पर वे धनुष उठाना तो दूर, उसे हिला भी न सके। कुछ तो उसके निकट पहुँचकर उसको देखकर ही पृथ्वी पर गिर पड़े। उन क्षणों में मैंने देखा कि राम शांत मुद्रा में बैठे रहे। फिर मैंने देखा कि सीता दीदी की आँखें उनसे मिलीं। वे मुसकरा रहे थे, जैसे कि अभी तक जो कुछ भी वहाँ घटित हो रहा था, वह केवल एक नाटक मात्र था। सीता दीदी के नेत्रों में मैंने एक मूक याचना का भाव भी देखा था। न जाने क्यों, मैं भविष्य को लेकर अब पूरी तरह आश्वस्त हो गई थी। सीता दीदी और राम के मध्य जो कुछ भी भाव-संप्रेषण हो रहा था, उसे समझने में मैं पूरी तरह से सक्षम थी। मुझे ऐसा लग रहा था जैसे राम सीता दीदी से कह रहे थे, 'प्रिय, निश्चिंत रहो। तुम केवल मेरी हो और मेरी ही रहोगी। अभी तक यहाँ पर जो कुछ भी घटित हुआ है, हो रहा है और होने वाला है, उन सबका नियामक केवल मैं ही हूँ। समस्त सृष्टि के क्रिया-कलापों का संचालन एवं निर्माण मेरे ही द्वारा होता है।'

"सीता दीदी, शीघ्र आपके भय का शमन होने वाला है।" मैंने सीता दीदी के कान में फुसफुसाकर कहा।

उनके लोचन मुझे उन क्षणों में बहुत आकर्षक लगे। मुझे न जाने क्यों, ऐसा लगा कि वे स्वयं आनेवाली भविष्य की घटनाओं से पूरी तरह परिचित थीं।

"उर्मिला, तुम मेरी ऊर्जा हो। तुम्हारे बिना मैं अपने को शक्ति-विहीन पाती हूँ।" उन्होंने आर्द्र स्वर में कहा।

इस पर मैंने उनके हाथों को पकड़कर बहुत कोमल स्वर में कहा, "सीता दीदी, जरा ध्यान से देखो, धनुष को उठाने के लिए कितने व्याकुल दिख रहे हैं मेरे होनेवाले जीजाश्री। लगता है कि अब वे तुम्हारे और अपने मध्य के विछोह को समाप्त करना चाहते हैं।"

इस पर मुसकराते हुए सीता दीदी ने कहा, "उर्मिला, तुम्हारा स्वभाव बड़ा कुटिल है। किस होशियारी से तुम मेरे प्रेम की चर्चा कर अपने प्रेम का संकेत दे रही हो। मैं स्पष्ट देख रही हूँ कि किस तरह राम के अनुज लगातार तुम्हारी ओर देखे जा रहे हैं। मैं इतनी दूर से भी उनके भावों को पढ़ पा रही हूँ। सच उर्मिला, हम कितनी भाग्यशाली हैं!"

...जब कोई व्यक्ति धनुष को हिला भी नहीं सका तो मेरे पिताश्री महाराजाधिराज सीरध्वज जनक सहसा एक तीव्र हताशा से ग्रस्त हो गए।

दारुण विलाप करते हुए वे कहने लगे, "लगता है, मेरी पुत्री सीता अब अनब्याही रह जाएगी। इतने दूर-दूर से आए इन नरेशों के मध्य मुझे एक भी वीर एवं बलवान् व्यक्ति नहीं दिखा। कितने कष्ट की यह घड़ी है मेरे लिए एक पिता के रूप में। मैं क्या कर सकता हूँ ऐसी स्थिति में? मुझे अब लग रहा है कि पृथ्वी पर वीर व्यक्तियों का पूरी तरह से अंत हो चुका है। क्या अब सारे पुरुष क्लीवता से ग्रस्त हो गए हैं?"

पिताश्री के मुँह से वे शब्द निकले ही थे कि लक्ष्मण, मेरे आराध्य, प्रकांड गर्जना करते हुए अपने स्थान से उठकर कहने लगे, "हे भ्राता! महाराज जनक का विवेक समाप्त हो चुका है। इन्हें अब इस धरा पर कोई वीर दिखाई नहीं देता है। इन्हें यह भी नहीं मालूम कि यदि आप की आज्ञा मिल जाए तो मैं इस सारे ब्रह्मांड को गेंद की तरह उठा लूँ। फिर यह कुछ नहीं कह पाएँगे। यह हमारे कुल में दाग लगा रहे हैं।"

उनका अपार क्रोध मुझे बहुत प्रिय लगा था उन क्षणों में। उनके नेत्र

लाल हो गए थे और उनके विशाल बाहु फड़कने लगे थे। सारी सभा में एक भयानक मौन छा गया था उन क्षणों में।

इस पर राम ने खड़े होकर उनके कंधे पर अपना हाथ रखकर कहा, "हे भ्राता! शांत हो जाओ। अपनी वाणी पर संयम रखो। महाराजा जनक हमारे आदरणीय हैं। अभी इन्होंने जो कुछ भी कहा है, वह इनकी निराशा के कारण ही हुआ है। हमें इनके शब्दों से विचलित नहीं होना चाहिए।"

अपने अग्रज के अनुरोध पर लक्ष्मण अपने स्थान पर शांत होकर बैठ गए। तब वे अपने गुरु ऋषि विश्वामित्र की ओर ऐसे देखने लगे, जैसे कि उनकी आज्ञा प्राप्त करना चाहते हों।

इस पर विश्वामित्र ने खड़े होकर कहा, "राम, तुम भी प्रयास कर देख लो।"

राम ने अपने गुरुदेव को प्रणाम किया और फिर महाराज जनक की ओर देखते हुए उनको और महारानी को भी प्रणाम किया। उसके बाद उन्होंने उपस्थित जन-समुदाय को भी प्रणाम किया। फिर, वे उठकर धनुष के पास आए और उसकी परिक्रमा कर उसे भी प्रणाम किया। फिर उन्होंने आकाश की ओर देखते हुए भगवान् शिव एवं माता पार्वती को प्रणाम किया। इसके बाद कुछ क्षण शांत रहने के बाद उन्होंने तीव्र गति से धनुष को उठाकर उस पर प्रत्यंचा चढ़ा दी। इतने में ही वह पिनाक धनुष भयंकर ध्वनि करते हुए मध्य भाग से भंग हो गया। उसके टूटने की ध्वनि इतनी तीव्र थी कि चारों ओर हाहाकार मच गया। समस्त पृथ्वी कंपायमान हो उठी थी और कई लोगों की सुनने की शक्ति ने कुछ क्षणों के लिए काम करना बंद कर दिया था। यही नहीं, कई लोग पृथ्वी पर गिर भी गए थे। और इसके बाद कुछ समय की हलचल के बाद सबकुछ पूर्व की तरह से हो गया।

धनुष के भंग होते ही पिताश्री का चेहरा खुशी से दमकने लगा था। माँ, चाची, चाचाजी एवं अन्य संबंधीगण भी हर्षोल्लास में सम्मिलित हो

गए थे। सारे वातावरण में उत्सव की गरिमा दिखने लगी थी।

"चलो, सीता दीदी, आपके होनेवाले पति अत्यंत आतुर दिख रहे हैं। चलो, उनका वरण करो।" मैंने सीता दीदी का हाथ पकड़कर कहा।

मांडवी और श्रुतकीर्ति भी मेरे साथ आ गई थीं। हम तीनों उनको लेकर उनके होनेवाले पति की ओर चल पड़े। माँ और चाची भी हमारे साथ आ गई थीं। जब सीता दीदी ने राम के गले में वरमाला डाली तो सबने तालियाँ बजाकर स्वागत किया। विवाह के आयोजन की तैयारियाँ होने लगी थीं। महाराज दशरथ को भी शुभ समाचार भेज दिया गया था। कुछ ही दिनों में वे अपने दोनों पुत्रों—भरत व शत्रुघ्न तथा लाव-लश्कर के साथ मिथिला पहुँच गए।

"आपके साथ संबंध स्थापित होने से मैं बहुत गौरवान्वित अनुभव कर रहा हूँ, महाराजा दशरथ।" प्रणाम करते हुए पिताश्री ने कहा था।

"आपके कुल से जुड़कर रघुकुल की महत्ता और बढ़ रही है, परम प्रतापी, वीतराग जनक महाराज।" राजा दशरथ ने कहा।

"इस राज्य में आपका और आपसे जुड़े समस्त लोगों का परम स्वागत है।" पिताश्री ने अत्यंत विनम्रता से कहा।

तभी महाराज दशरथ कहने लगे, "हे महाराज! अभी-अभी मेरे मन में विचार उठ रहा है कि क्यों न हम इस संबंध को और प्रगाढ़ कर लें?"

"आप हमारा मार्गदर्शन करें।" पिताश्री ने कहा।

इस पर राजा दशरथ कहने लगे, "राम के अलावा मेरे तीन पुत्र और भी हैं—भरत, लक्ष्मण और शत्रुघ्न। मैंने सुना है कि आप की एक पुत्री और है और दो पुत्रियाँ आपके अनुज महाराज कुशध्वज की हैं।" कुछ क्षण-रुककर वे कुछ सोचने लगे थे, फिर उन्होंने कहा, "क्यों न मेरे चार पुत्रों का विवाह आपके कुल की चार कन्याओं के साथ एक ही मंडप के नीचे हो जाए।"

महाराज दशरथ का वह प्रस्ताव मेरे पिताश्री को बहुत सार्थक लगा

था और उन्होंने महाराज कुशध्वज एवं महारानी चंद्रभागा तथा महारानी सुनयना से मंत्रणा कर तुरंत प्रस्ताव का अनुमोदन कर दिया था। इस तरह मेरा विवाह अपने आराध्य श्री लक्ष्मणजी से हो गया। मांडवी भरतजी की पत्नी बनी और श्रुतकीर्ति का विवाह शत्रुघ्न के साथ कर दिया गया।

…पर मुझे रह-रहकर वे विकट क्षण याद आते हैं, जो धनुष-भंग के पश्चात् घटे थे। जब सब धनुष-भंग होने के बाद हर्षोल्लास में रत हो गए थे, उसी समय भयंकर हुंकार भरते हुए महर्षि परशुराम वहाँ पहुँच गए थे। धनुष भंग होने की भयंकर गूँज और सारी पृथ्वी के प्रकंपित होने से ही वे चल पड़े थे।

"जनक, यह कैसा उत्सव है?" उन्होंने पिताश्री से पूछा था।

"ऋषिवर, आज मेरी पुत्री सीता का स्वयंवर था और उसने दशरथनंदन श्रीराम का वरण किया है। आप इन्हें अपना आशीर्वाद देकर कृतार्थ करें।"

तभी परशुराम की दृष्टि टूटे हुए धनुष पर पड़ती है और अत्यंत क्रोध में भरकर उन्होंने पूछा, "जनक, शीघ्र बताओ, इस शिव-धनुष को किसने तोड़ा है? मैं अभी तत्काल उसका वध कर दूँगा।"

इसके पूर्व कि पिताश्री कुछ कहते, लक्ष्मण उठ खड़े हुए और कहने लगे, "हे परम प्रतापी ऋषिवर! मुझे आश्चर्य हो रहा है कि इस पुराने पिनाक के खंडित हो जाने से आप इतने व्याकुल एवं रुष्ट क्यों हो रहे हैं?"

तब परशुराम ने कहा, "मूर्ख बालक! इस महान् शिव-धनुष को तू पुराना कह रहा है! मन तो कर रहा है कि तेरे शीश को काटकर तेरे धड़ से अलग कर दूँ।"

इस पर लक्ष्मण ने कहा, "बहुत बड़ी बात आप कर रहे हैं, ऋषिवर! कृपया अपने क्रोध को अपने विवेक पर न हावी होने दें। मैं आपकी तर्जनी को देखने मात्र से मुरझा जानेवाला पौधा नहीं हूँ। मैं हूँ दशरथ-पुत्र लक्ष्मण।"

इसके पहले कि परशुराम कुछ कहते, आगे बढ़कर श्रीराम ने कहा, "हे ऋषिवर! मेरे इस अनुज को क्षमा प्रदान करें। सत्य तो यह है कि यह आपके शौर्य से पूरी तरह अपरिचित है।"

इस पर परशुराम ने कहा, "मैं तुम्हारे विवेक से प्रसन्न हुआ। पर तुम्हारा यह अनुज कहीं मेरे कोप का भागी न हो जाए। इसे मेरे सामने से हटा लो।"

इस पर राम ने कहा, "ऋषिवर, कृपया शांत हो जाएँ। यह दशरथ-पुत्र राम पूरी निष्ठा से कह रहा है कि जो कुछ भी यहाँ घटित हुआ है, वह शायद ईश्वर की इच्छा से हुआ है। हम आपके आशीर्वाद के आकांक्षी हैं।"

"राम, तुम्हारे शब्दों की मृदुलता प्रशंसनीय है। फिर भी, मैं इस धनुष का यह अपमान नहीं सह सकता। जिस किसी ने यह किया है, वह सहस्त्रबाहु की तरह मेरा शत्रु है और मैं निश्चय ही उसका वध कर अपने क्रोध का शमन करूँगा!" परशुराम ने कहा।

इस पर श्रीराम ने बहुत मृदु स्वर में कहा, "हे महामुनि! जिस किसी ने इस धनुष को खंडित किया होगा, वह आपका दास होगा। आप उसके अनजाने में हुए अपराध को क्षमा कर अपने सम्मुख इस विवाह को संपन्न कराएँ।"

परशुराम का क्रोध अब लगभग समाप्त हो गया था।

"ऋषिवर, आपको मेरा प्रणाम!" विश्वामित्र ने अपने स्थान से उठकर परशुराम को प्रणाम करते हुए कहा, "आपकी उपस्थिति मात्र से इस मंगलमय अवसर की शोभा कई गुना बढ़ गई है। आप इस समारोह के मुख्य अतिथि का पद स्वीकार करें।" उन्होंने याचनापूर्ण स्वर में कहा।

किंतु कुछ सोचते हुए परशुराम ने विश्वामित्र से कहा, "किंतु कौशिक, मेरा मन अब शंका से घिर गया है।"

"किस प्रकार की शंका आपको हो रही है, ऋषिवर?"

इस पर परशुराम बोले, "जिस महान् शिव धनुष को बड़े-बड़े महारथी हिला भी नहीं सकते थे, उसे कैसे एक इतने कोमल-से दिखनेवाले बालक ने उठाकर भंग कर दिया?"

इस पर ऋषि विश्वामित्र ने कहा, "हे ऋषिवर! पर यही सत्य है।"

उनके इस कथन पर परशुराम ने कहा, "पर न जाने क्यों, मेरा मन नहीं मान रहा है। मैं स्वयं अब राम की परीक्षा लेना चाहूँगा।"

उनके इस कथन से सारी सभा में सन्नाटा छा गया। मेरा मन पूरी तरह शंकित हो गया था। यही हाल मेरे माता-पिता, बहनों और सभा में उपस्थित अन्य सबका भी था। स्वयं परशुराम ने सबके सम्मुख स्वीकार किया था कि कैसे उन्होंने कई बार पृथ्वी के सारे क्षत्रियों का संहार कर दिया था।

"ठीक है। राम, तुम ऋषि परशुराम के द्वारा ली जानेवाली परीक्षा को स्वीकार कर लो। ईश्वर तुम्हें सफल बनाएगा।" विश्वामित्र ने कहा।

"जैसी आपकी आज्ञा, गुरुदेव!" श्रीराम ने कहा और फिर उनको आदर से प्रणाम कर, ऋषि परशुराम के पास खड़े होकर प्रणाम करते हुए अत्यंत विनीत स्वर में कहने लगे, "हे महामुनि! मुझे आपके द्वारा ली जानेवाली कोई भी परीक्षा स्वीकार है। आप केवल आदेश दें कि मुझे क्या करना होगा?"

उनकी इस विनम्रता से परशुराम बहुत प्रभावित हुए और फिर उन्होंने कहा, "राम, जो धनुष मेरे पास है, यह स्वयं मुझे भगवान् विष्णु द्वारा प्रदान किया गया है। मुझे शस्त्र-विद्या का ज्ञान उनके द्वारा ही दिया गया था। वे ही मेरे गुरु हैं। मेरा यह धनुष भी भग्न शिव धनुष की तरह विराट् है। अब यदि तुम इसका संधान कर लेते हो और सफलतापूर्वक इस पर प्रत्यंचा चढ़ा देते हो तो मेरी सारी शंकाओं का समाधान हो जाएगा।"

तब राम ने कहा, "हे ऋषिवर! मुझे यह आदेश स्वीकार्य है।"

परशुराम ने अपना वह धनुष श्रीराम को दे दिया। सर्वप्रथम श्रीराम ने अपने गुरु विश्वामित्र को मन-ही-मन प्रणाम किया और फिर परशुराम को। तत्पश्चात् उन्होंने उस धनुष को प्रणाम किया और विद्युत् की-सी गति से उन्होंने प्रत्यंचा चढ़ाकर एक टंकार उस धनुष में उत्पन्न की। उसका प्रकांड कंपन चारों दिशाओं में फैल गया। अब महर्षि परशुराम ने श्रीराम की ओर देखा और उन्होंने उनमें श्रीहरि का रूप देख लिया।

"मुझे सारा रहस्य समझ में आ गया है। आप मुझे अपना आशीष दें और अब इस लीला का, जिसका मैं भी एक भाग हूँ, को आगे बढ़ाएँ।"

उन दोनों के मध्य होनेवाले आदान-प्रदान का न जाने मुझे कैसे पूरा बोध होता जा रहा था उन क्षणों में। इसके बाद भगवान् परशुराम समझ गए कि वे उनके परशु अवतार का अंत था और भगवान् के रामावतार का प्रारंभ भी। अब भगवान् परशुराम वहाँ से वन की ओर तपस्या करने चले गए और सारी सभा में उल्लास का वातावरण फैल गया था।

□

खंड-दो

एक ज्वाला की संसृष्टि

◆ ◆ ◆ अयोध्या नगरी भी वैभव में किसी प्रकार मिथिला नगरी से कम नहीं थी। वहाँ के भवन, उपवन तथा अन्य कई स्थल अपनी रमणीकता से किसी का भी मन मोहने में सक्षम थे। अन्य नगरों एवं राज्यों से आनेवाले नागरिक भी वहाँ एक विराट् दिव्यता का अनुभव कर असीम हर्ष की प्राप्ति करते थे। मैं भी अयोध्या नगरी में आकर एक प्रकांड चेतना से आप्लावित हो गई थी।

...मेरे पतिदेव की तीनों माताएँ मुझे अपना पूरा प्रेम देती थीं। खासकर माँ सुमित्रा मुझे इतनी ममतामयी दृष्टि से देखती थीं कि मेरा संपूर्ण व्यक्तित्व उससे भीग-सा जाता। जब मैं अपना शृंगार करती तो वे मुझे केवल निहारती ही नहीं रहती थीं, वे स्वयं परिचारिकाओं को निर्देश देकर मेरे अलंकरण को और भव्य बनाने का प्रयास भी करती थीं। इतना ही नहीं, कभी-कभी वे कुछ आभूषणों को स्वयं उनके स्थान पर लगाती थीं। मेरे माथे की बिंदी पर वे विशेष ध्यान देती थीं। माँ कौशल्या एवं कैकेयी भी मुझे अपने कक्ष में एक बार अवश्य बुलाती थीं वे सब भी मेरा स्वागत मन से करती थीं। मेरी तीनों माताएँ मेरे विचारों और सुझावों को केवल महत्त्व ही नहीं देती थीं, वरन् मुझसे अपने कक्षों की साज-सज्जा के विषय में सुझाव भी लेती थीं।

उन्हें चित्रकला के प्रति मेरे अनुराग का ज्ञान था। मैं भी खुलकर उनके सम्मुख अपने विचारों को व्यक्त कर देती थी। उन तीनों को ही मेरे

विचार अनुकूल लगते थे। माँ कौशल्या भी मुझसे बहुत प्रेम करती थीं। न जाने क्यों, मुझे उनके साहचर्य में एक विशेष प्रकार के हर्ष की अनुभूति होती थी। वे भी मुझसे अपने मन की बात खुलकर करती थीं।

"उर्मिला, मुझे तुम्हारे साथ वार्त्तालाप करना बहुत अच्छा लगता है।" एक दिन उन्होंने मुझसे प्रेमपूर्ण स्वर में कहा।

"मुझे भी तो आपका सान्निध्य बहुत अच्छा लगता है, माँ।" मैं चुप हो गई और उनको स्नेह से निहारने लगी। उनका वात्सल्य भाव अद्वितीय था। जब वे मेरी ओर देखने लगीं तो मैंने कहा, "माँ, मन करता है कि हमेशा के लिए आपके कक्ष में रह जाऊँ।"

वे हँसने लगीं और जब मैं उनकी ओर चकित हो देखने लगी तो वे बोल पड़ीं, "यह कैसे संभव है?"

"क्यों संभव नहीं?" मैंने कृत्रिम रोष से पूछा, ''लगता है, आप केवल अपने प्रेम का दिखावा करती हैं। मुझे लगता है, आपको मैं बोझ मात्र लगती हूँ। ठीक है, कल से मैं यहाँ आना बंद कर दूँगी।"

"अरे, तुम ऐसा कैसे कर सकती हो, उर्मिला? क्या तुम अपनी माँ को इस प्रकार दंड दे सकती हो? कैसे रह पाऊँगी मैं तुमसे मिले बिना?" उनके स्वर में पीड़ा का भाव स्पष्ट था।

मुझमें स्वयं अपराध-बोध का भाव था, जब मैंने कहा, "मैं भी आपसे मिले बिना कैसे रह सकती हूँ, माँ? आपने कैसे मेरे कथन में इतनी सहजता से विश्वास कर लिया? पर…"

"पर क्या?"

"मैं कुछ रुष्ट तो अवश्य हूँ।"

"किंतु क्यों हो, इसका कारण तो बताओ?"

"कारण आपको मालूम है।"

"नहीं मालूम है। बताओ।"

"आप हमेशा के लिए मुझे अपने कक्ष में रहने का अवसर क्यों नहीं देना चाहतीं?"

"अच्छा, तो यह कारण है तुम्हारे रुष्ट होने का!" उन्होंने हँसकर कहा।

"क्या यह छोटा कारण है?"

"तुम एकदम भोली हो!"

"अब इसका क्या अर्थ है, माँ?"

"तुममें व्यावहारिकता का अभाव है।"

"वह कैसे?"

"तुम अपनी इच्छा का दूसरा पक्ष नहीं देख पा रही हो।" उन्होंने कहा।

"क्या है वह दूसरा पक्ष? मुझे भी बताएँ?"

"क्या तुम विवाहित स्त्री नहीं हो?"

"हूँ, पर इससे क्या?"

"बहुत अंतर पड़ता है।" वे बोलीं।

"कैसे?"

"जब तुम मेरे कक्ष में रहने लगोगी तो तुम्हारा पति लक्ष्मण कहाँ जाएगा?"

"उनके पास है न अपना कक्ष, माँ!"

वे मेरी सरलता पर हँसने लगीं।

"किंतु वह एकांत के क्षणों में किससे बात करेगा?" उन्होंने पूछा।

"ठीक है तो मैं उन्हें भी यहीं बुला लिया करूँगी। अब तो ठीक है न? आप यहाँ बैठी रहना। हम दोनों के बीच के वार्त्तालाप को सुनते रहिएगा।"

"पर मुझे जब एकांत की इच्छा होगी, तब?"

"मैं समझी नहीं, माँ।"

"समझने का प्रयास करो, उर्मिला। मेरे पति, तुम्हारे ससुर, महाराज दशरथ भी तो यहाँ आते हैं और उन्हें एकांत की आवश्यकता भी होती है।

वे मुझसे अपनी कई नितांत व्यक्तिगत समस्याओं की चर्चा करते हैं। तुम लोगों की उपस्थिति में यह कैसे संभव होगा?"

"ठीक है माँ, तब मैं अपने ही कक्ष में रह लूँगी।" मैंने मंद स्वर में कहा।

"कितनी समझदार है मेरी पुत्री!" उन्होंने प्रशंसापूर्ण स्वर में कहा और फिर बोलीं, "पर जब मैं तुम्हें बुलाऊँ, आना अवश्य।"

राजमहल में रहते-रहते मुझे कई सूक्ष्म तत्त्वों की उपस्थिति का बोध भी होने लगा था। माँ सुमित्रा का स्वभाव एकदम सरल एवं निष्कपट था। इससे अधिक मुझे लगा कि वे जान-बूझकर कई अप्रिय क्षणों को अनदेखा कर देती थीं। जो कुछ भी उनको प्राप्त था, उसे उसी रूप में स्वीकार करने की अद्‍भुत क्षमता थी। वे अपने जीवन से पूर्णरूपेण संतुष्ट लगती थीं। संतोष उनके जीवन का सर्वश्रेष्ठ गुण था। सच है, राग-द्वेष से मुक्त जीवन किसी भी व्यक्ति की मानसिक शांति का मूल कारण होता है। अपने ढंग से परिस्थितियों के अनुसार जीवन को जी लेना एक बड़ी कला है। सुमित्रा माँ की यह विरक्ति उनको अपार बल प्रदान करती थी।

माँ कैकेयी की सोच महाराज दशरथ की दो अन्य रानियों से पूरी तरह भिन्न थी। उनका अधिकार-बोध अत्यंत प्रबल था। उनकी मनोवृत्ति थी कि वे हर वस्तु पर अपना प्रथम अधिकार मानती थीं। अपने प्रति महाराज दशरथ की प्रकांड आसक्ति और वासना एवं अनुराग के बोध ने माँ कैकेयी के अधिकार की इच्छा को और बलवती कर दिया था। महाराज उनके रूप के मोह-जाल से मुक्त भी नहीं होना चाहते थे। यह उनकी चारित्रिक दुर्बलता का प्रतीक था। कहते हैं कि एक बार किसी युद्ध में जब महाराज दशरथ के रथ की धुरी निकल गई थी और रथ लड़खड़ाने लगा था, तब महारानी कैकेयी ने धुरी के स्थान पर अपनी उँगली डाल दी थी। उन भावनात्मक क्षणों में महाराज ने महारानी की दो इच्छाओं को जीवन के किसी क्षण में पूरा करने का वचन भी दे दिया

था। महारानी कैकेयी के बारे में मेरे विचार नितांत वैयक्तिक थे, अतः मैंने उन्हें किसी और को बताने की चेष्टा भी नहीं की।

...सबकुछ सामान्य-सा दिखता था। चारों ओर वैभव की गरिमा व्याप्त थी। वहाँ की जीवन-प्रणाली को आदर्श माना जाता था। फिर भी, न जाने क्यों मुझे आनेवाला समय अंधकार में आवेष्ठित होता-सा लगता था। मेरे मन के किसी अज्ञात कोने में एक अज्ञात भय की उपस्थिति का बोध एकांत के क्षणों में होता था। मांडवी एवं श्रुतकीर्ति पूरी तरह अपने पति गृह में रम गई थीं। उनके चेहरे की प्रसन्नता पूरी तरह उनके व्यवहार में झलकती थी। स्वयं मैं भीतर उस प्रकार की प्रसन्नता का अनुभव नहीं कर पाती थी। मेरी संवेदनशीलता मुझे भीतर-ही-भीतर व्याप्त उस जीवन-प्रणाली के दोष को समझने में सहायक होती थी। न जाने क्यों मुझे लगता था कि यद्यपि हर रानी का अधिकार-क्षेत्र स्पष्ट था, फिर भी उनके मध्य एक अनकहा तनाव भी था। माँ सुमित्रा तटस्थ रहती थीं, फिर भी वे माँ कौशल्या के अधिक निकट थीं। माँ कैकेयी से उनका संवाद लगभग न के बराबर था। माँ कौशल्या के भीतर की घनोभूत पीड़ा के मर्म को उनके सान्निध्य के कारण पूरी तरह समझ गई थी। उन्हें लगता था कि उनके प्रति उनके पति का प्रेम केवल एक कर्तव्य-पालन की कामना का परिणाम मात्र था। इससे अधिक कुछ भी नहीं। वे अकसर मुझे अपनी उस पीड़ा का संकेत देती थीं।

"उर्मिला, एक नारी का जीवन कोई आसान नहीं होता है। विशेषकर जब उसके ऊपर एक आदर्श पत्नी के दायित्व का भार थोप दिया जाता है। वह चाहते हुए भी अपने दुःख को व्यक्त नहीं कर पाती।" उन्होंने एक दिन मुझसे कहा। समय बीतने के साथ-ही-साथ मेरा उत्साह निराशा में परिवर्तित होने लगा था। एकांत में मुझे लगता कि माताएँ अलग-अलग जीवन बिता रही हैं। राजमहल के कोलाहल के मध्य में भी मुझे एक सन्नाटे का बोध होता रहता। अपने वैवाहिक जीवन में मैं अपनी बहनों

से भी अलग हो चुकी थी। सीता दीदी अब मुझे अपने से दूर-दूर-सी लगने लगी थीं। मांडवी और श्रुतकीर्ति पूरी तरह अपने वैवाहिक जीवन का आनंद उठाते हुए उसमें पूरी तरह लिप्त हो चुकी थीं। उनसे अब मेरी भेंट बहुत कम हो चली थी।

एक दिन मेरी भेंट मांडवी से अचानक हो गई तो मैंने देखा कि उसका चेहरा प्रसन्नता से चमक रहा था।

"क्या बात है, मांडवी, बहुत प्रसन्न लग रही हो?" मैंने ध्यान से देखते हुए मांडवी से पूछ लिया।

वह खिलखिलाकर हँसते हुए बोली, "अरे, यह भी कोई किसी नवविवाहिता से पूछा जानेवाला प्रश्न है?"

"क्या अर्थ है तुम्हारा?" मैंने पूछा।

"यह तो स्पष्ट है।"

"मुझे नहीं समझ आ रहा है।" मैंने कहा।

"कैसी बात कर रही हो, उर्मिला। तुम भी तो नवविवाहिता हो। क्या तुम्हें नहीं समझ आ रहा है?"

"नहीं।"

"ठीक है, मैं स्पष्ट करती हूँ।"

"करो।"

"एक विवाहिता के लिए सबसे गर्व की क्या बात है?" मांडवी ने प्रश्न किया।

"तुम बताओ। हर व्यक्ति का अनुभव दूसरे से अलग होता है।" मैंने कहा।

"फिर भी, तुम्हारी दृष्टि में पति-पत्नी के संबंध में सबसे महत्त्वपूर्ण बिंदु क्या है?" मांडवी ने पूछा।

"तुम बताओ न, मांडवी।"

"अरे, अनुमान तो लगाओ, मेरी बहना।"

"मेरी बुद्धि काम नहीं करती ऐसे विषयों में।" मैंने कहा।

"ठीक है, मैं स्पष्ट करती हूँ।"

"मुझे जिज्ञासा है।"

मुझे गौर से देखते हुए मांडवी ने पूछा, "उर्मिला, मुझे यह बताओ कि एक नवविवाहिता के लिए सबसे महत्त्वपूर्ण व्यक्ति कौन हो सकता है?"

"उसका पति, और कौन?"

"बिल्कुल ठीक अनुमान लगाया तुमने, उर्मिला।" मांडवी ने प्रशंसा भरे स्वर में कहा।

"यह कौन सा जटिल प्रश्न था, मांडवी? मैंने मांडवी की ओर देखते हुए कहा, "पर इससे तुम सिद्ध क्या करना चाहती हो, यह मेरी समझ से बाहर है।" मैंने अपनी बात पूरी करते हुए कहा।

इस पर कुछ हँसकर मांडवी ने कहा, "उर्मिला, यहाँ आकर मुझे लगता है कि मेरा स्त्री जीवन धन्य हो गया है।"

"सच में! क्या है इस परिवर्तन का कारण, मुझे भी तो बताओ?" मैंने पूरी आतुरता से पूछा।

"मेरे पति पूरी तरह से मुझ पर रीझे हुए हैं। वे हर क्षण मेरे आसपास ही रहना चाहते हैं। मैं कभी-कभी उनको इस बात की उलाहना देकर कहती हूँ कि उनके इस प्रकार के आचरण को देखकर सब क्या सोचेंगे? तो वे कहते हैं कि दूसरों की सोच का उन पर कोई प्रभाव नहीं पड़ता। वे जोर देकर कहते हैं कि मुझे हमेशा उनके बारे में ही सोचते रहना चाहिए। उन्होंने यहाँ तक कह दिया है कि मेरी दृष्टि के आसव-पान से अधिक उन्हें और किसी वस्तु की कामना नहीं रह गई है।"

"इसका अर्थ तो यह है कि अब तुम्हारे पति पूरी तरह प्रेममार्गी बन चुके हैं।" मैंने किंचित् हास्य से कहा।

"क्या तुम्हें यह ठीक नहीं लग रहा है, उर्मिला?"

"मैं तुम्हारे सुख से बहुत प्रसन्न हूँ, मांडवी। मेरे विचार से, किसी भी विवाहित जोड़े की सबसे बड़ी उपलब्धि उनके मध्य स्थापित प्रेम से होती है।" मैं कुछ क्षण रुककर सोचते हुए बोली, "पर मांडवी, सब पत्नियाँ इतनी भाग्यशाली नहीं होती हैं। किंतु इस समय तुम कहाँ से आ रही हो?"

"हम लोग अभी उपवन से वापस लौटे हैं। वहाँ के मनोहर एवं रमणीक दृश्यों से हम दोनों ने अपूर्व आनंद प्राप्त किया। क्या तुम कभी नहीं जाती हो यहाँ के भव्य उपवनों में?"

"मेरे स्वामी को समय नहीं मिलता है ऐसे क्षणों के लिए।" मैंने कुछ कटु स्वर में कहा।

शायद मेरे स्वर में बहुत कटुता विद्यमान थी। मांडवी चौंककर मेरी ओर देखने लगी। अभी तक वह स्वयं अपने अनुभवों में लिप्त थी कि उसे मेरे भीतर की हलचल का कोई बोध नहीं हो सका था। मेरे भीतर व्याप्त उदासी को समझना उसके लिए आसान नहीं था। मेरे भीतर जड़ता का जो भाव तेजी से बढ़ता जा रहा था, भीतर-ही-भीतर उसकी सूक्ष्म जटिलता की बाह्य अभिव्यक्ति को मैं अपनी इच्छा-शक्ति के द्वारा रोक लेती थी।

"उर्मिला!"

"हाँ, मांडवी।"

"क्या तुम मुझसे कुछ छुपा रही हो?"

"यह विचार तुम्हारे मन में कैसे आया, मांडवी?"

"नहीं, पहले तुम मेरे प्रश्न का उत्तर दो।"

"दूँगी। पर पहले तुम्हारा प्रश्न तो स्पष्ट हो।"

"क्या तुम्हें यहाँ किसी प्रकार का दु:ख है?"

"नहीं है।"

"फिर मैं तुम्हारी बातों का क्या अर्थ निकालूँ?"

"मेरी बातों का अर्थ निकालने का कोई प्रयास न करो।" मैंने मांडवी की ओर देखते हुए कहा।

"मुझे लगता है कि विवाह के बाद भी तुम्हारे स्वभाव में युयुत्सा का भाव बना हुआ है।" मांडवी ने हँसते हुए कहा।

"मांडवी!"

"कहो, उर्मिला! क्या कहना चाहती हो?"

"तुम्हें इतना सुखी देखकर मैं बहुत प्रसन्नता का अनुभव कर रही हूँ।" मैंने बहुत ही भावुक स्वर में कहा।

मेरे इस कथन से मांडवी के नेत्र भी आर्द्र हो आए। उसने मेरे दोनों हाथों को अपने हाथ में लेते हुए कहा, "आखिर तुम हो तो मेरी बहन ही! अगर तुम मेरे विषय में नहीं सोचोगी या मेरी चिंता नहीं करोगी तो और कौन करेगा?" वह कुछ क्षणों के लिए मौन हो गई। मैं भी एकटक उसके चेहरे में आनेवाले भावों को पढ़ने की चेष्टा करने लगी।

काफी क्षणों के मौन के बाद वह मुसकराकर बोली, "उर्मिला, आज काफी समय पश्चात् मुझे अपने विवाह के पूर्व का समय याद आ रहा है। कितनी मधुरता थी जीवन में तब! देखो, अब हम कितना बदल गए हैं!"

"विवाह को नारी के जीवन की अनिवार्यता क्यों माना जाता है, मांडवी?"

"उर्मिला, इसका उत्तर बहुत आसान है।"

"होगा तुम्हारे लिए, पर मुझे तो यह अत्यंत दुरूह लगता है।"

"तुम्हें लगता होगा, पर है नहीं।"

"अच्छा, यह कैसे कह सकती हो तुम इतनी आसानी से?"

इस पर मांडवी ने कहा, "यह मेरा स्वयं का अनुभव है।"

इस पर हँसते हुए व्यंग्यपूर्ण स्वर में मैंने कहा, "तनिक मुझे भी तो पिलाओ अपने अनुभव का ज्ञान, दादी माँ!"

मेरे कथन पर मांडवी को भी हँसी आ गई। किंतु अगले ही क्षण वह गंभीर स्वर में बाली, "उर्मिला, यह हमारी सामाजिक व्यवस्था का अनिवार्य अंग है। कोई भी माता-पिता अपनी कन्या का विवाह कर अपने को भार-मुक्त अनुभव करते हैं।"

"क्या पुत्री को भार मान लेना उचित है?"

"नहीं है। पर इसे समाज इतना अधिक महत्त्व देने लगा कि कन्यादान को एक महत्त्वपूर्ण दायित्व के रूप में सर्वोपरि स्थान दिया जाने लगा।"

इस पर मैं आक्रोश से कहने लगी, "कितनी संकुचित विचारधारा है यह! हम क्यों अपनी पुत्री को 'पराया धन' कहकर उसकी गरिमा को नष्ट कर देते हैं? यह सोच मेरे विचार से एक संकुचित विचारधारा का परिचायक मात्र है।"

तब शांत स्वर में मांडवी बोली, "समाज के नियमों के पालन को दरकिनार कर देना किसी के लिए भी संभव नहीं है। एक राजा भी इसे नहीं कर सकता। कम-से-कम इस विषय में तो नहीं।"

मैं एक लंबी चुप्पी के बाद बोली, "कन्या को बोझ समझ लेना उसकी गरिमा व अस्मिता को क्षत-विक्षत कर देना ही है। पुरुष और स्त्री के बीच भेद करनेवाला समाज आनेवाले युगों में अंधकार के गर्त में गिर जाएगा।"

"मैं भी तुमसे कुछ कहना चाहती हूँ, उर्मिला!"

"कहो।"

"मैं तुमसे अपार प्रेम करती हूँ। पर यहाँ मैं तुम्हारे कथन का अनुमोदन नहीं कर पाऊँगी।" मांडवी ने कहा।

"क्यों, क्या अनुचित है मेरे कथन में?"

"कुछ भी नहीं है।"

"फिर तुम्हारे कथन का क्या अर्थ है?"

"तुम समझने का प्रयास करोगी?"

"अवश्य करूँगी।"

"सच कह रही हो?"

"क्यों शंका कर रही हो, उर्मिला?"

"शंका नहीं कर रही हूँ।"

"तो फिर यह क्यों कह रही हो?"

"मेरे विचार से, तुम एक स्तर पर कई अनुभवों के प्रति बहुत उदासीन हो।"

"मैं तुम्हारे विचार का प्रतिकार करती हूँ।"

"मैं अपने कथन के औचित्य के बारे में कोई शंका नहीं करती।"

"ठीक कह रही हो; पर तुम मुझ पर उदासीन होने का दोषारोपण कैसे कर रही हो, क्यों कर रही हो? मुझे यह समझ में नहीं आ रहा है।" मांडवी ने कुछ उत्तेजित स्वर में कहा।

कुछ क्षण मौन रहने के पश्चात् मैंने मांडवी से कहा, "तुम्हें मेरे पक्ष को समझने का प्रयास करना चाहिए, मांडवी। यदि मेरे अपने ही मेरी दुविधा का शमन करने से बचने लगेंगे तो फिर कैसे मैं अपने परिवेश में अपने को सफलतापूर्वक ढाल सकूँगी?"

कुछ क्षणों तक मांडवी अपने विचारों में खो-सी गई। मैं चुपचाप उसकी ओर देखने लगी। तभी वह बोली, "उर्म्मिला, पति-पत्नी के बीच होनेवाला संवाद केवल अर्थहीन ही नहीं होता, बल्कि वह बहुआयामी भी होता है, और किसी भी हाल में उसे अनदेखा करना अत्यंत विघटनकारी होता है। पति-पत्नी प्रेम की एक मूक डोर से बँधे होते हैं और उसके भीतर निहित होती है असाध्य बिछुड़न की पीड़ा की संभावना भी।"

मांडवी के कथन ने मुझे आश्चर्यचकित कर दिया। अभी तक मैं केवल उसे सुख-सुविधाओं में संलग्न शक्ति मात्र मानती थी। मैं यह समझती थी कि वह केवल कामनाओं की पूर्ति को ही अपने जीवन का

परम लक्ष्य मानती थी। पर आज जीवन के प्रति उसकी गंभीर निष्ठा ने यह सिद्ध कर दिया कि उसके शरीर में प्रवाहित होनेवाला रक्त भी एक ही वंश का था।

मैंने उसकी ओर प्रेमपूर्वक देखते हुए कहा, "मुझे क्षमा करना, मांडवी। यदि मेरे शब्दों में तुम्हें जरा भी कटुता का आभास मात्र भी हुआ हो तो मैं क्षमाप्रार्थी हूँ। सच तो यह है कि यहाँ लंबे एकाकी क्षणों की वजह से मैं अपने भीतर एक अकथनीय पीड़ा एवं विवशता का अनुभव करती हूँ। शायद मेरा जीवन अवसाद से ग्रस्त होता जा रहा है। एक उबाऊ, उकता देनेवाला खालीपन मेरे ऊपर हावी होता जा रहा है।"

"अपना धैर्य मत खोओ, उर्मिला।" मांडवी ने अत्यंत स्नेह और आत्मीयता से मेरा हाथ पकड़कर कहा और फिर बोली, "अच्छा, अब चलती हूँ। तुमसे इतने दिनों बाद मिलकर बहुत अच्छा लगा।"

वह उठकर जाने लगी।

"मांडवी!" मैंने कहा।

"क्या है?"

"क्या तुमने इस बीच श्रुतकीर्ति को भी देखा?"

"अकसर उससे भेंट हो जाती है।"

"कहाँ?"

"कभी उपवन में और कभी किसी और स्थल में। तुम्हें तो मालूम है कि उसे घूमने-घुमाने का कितना शौक है।"

"कैसी है वह?" मैंने पूछा।

इस पर मांडवी खिलखिलाकर हँस पड़ी, और जब मैं उसकी ओर प्रश्नात्मक दृष्टि से देखने लगी तो उसने कहा, "उर्मिला, यदि अपने वैवाहिक जीवन को पूर्णता से कोई जी रहा है तो वह हमारी बहन श्रुतकीर्ति ही है।"

इस पर बहुत प्रसन्न होकर मैंने कहा, "शुरू से ही श्रुतकीर्ति को

हर क्षण को भरपूर जीने की कला आती है। उसके भावनात्मक जीवन का फलक काफी व्यापक और चेतनापूर्ण है। मैं उसके इस गुण की प्रशंसिका हूँ। उसके पति शत्रुघ्न कैसे हैं?"

इस पर हँसते हुए मांडवी ने कहा, "उन्हें श्रुतकीर्ति से फुरसत ही कहाँ मिलती है!"

"क्या मतलब?" मैंने कौतूहल से पूछा।

"वे हमेशा अपनी इच्छा की पूर्ति में ही संलग्न रहते हैं। यहाँ चलना है, वहाँ चलो। अभी यह चाहिए, वह चाहिए। वहाँ नहीं जा सकते, कहते हुए हमारी बहन अपने और अपने पति के अतिरिक्त और कुछ नहीं सोच पाती है।"

"क्या वह कभी तुमसे मिलने का प्रयास करती है?"

"इसकी आवश्यकता ही नहीं पड़ती है।"

"क्यों?"

"कहीं-न-कहीं तो वह मिल ही जाती है।"

"ठीक है, अब की जब वह तुम्हें मिले तो उससे कहना कि वह एक बार मुझसे अवश्य मिले।" मैंने मांडवी से कहा।

मांडवी मेरे कक्ष से बाहर जाने वाली थी कि उसे सहसा कुछ याद आ गया और वह एक बार फिर लौट आई।

जब मैं उसकी ओर देखने लगी तो उसने पूछा, "क्या तुम्हें सीता दीदी के बारे में कुछ ज्ञात है?"

"नहीं।"

"क्या इस बीच तुमसे उनकी कोई भेंट हुई?"

"नहीं। मैंने भी विशेष जिज्ञासा नहीं दिखाई।" मैंने कहा।

"क्या मन नहीं करता?"

"बहुत करता है।"

"फिर क्या वर्जना है?"

"कुछ भी नहीं। पर वे बहुत व्यस्त रहती हैं।"

"किस कार्य में?"

"अपने पति की सेवा में रत रहती हैं।"

"उनका स्वभाव सदा से हम सबसे भिन्न रहा है।" मैंने कहा।

"उनके सेवा-भाव और सरलता से सब हमेशा प्रभावित रहे हैं। इस राजमहल में भी सब उनको बहुत आदर-भाव से देखते हैं। माता कैकेयी भी उनसे बहुत प्रेम करने लगी हैं।" कहकर मांडवी रुककर कुछ सोचने लगी। मैं भी चुप रह उसके बोलने की प्रतीक्षा करने लगी। फिर एक बड़े अंतराल के बाद वह बोली, "कदाचित् इसका कारण जो मुझे समझ में आ रहा है, वह यह है कि सारे राजकुमारों—महाराज दशरथ के पुत्रों में भी वे सबसे अधिक प्रेम महारानी कौशल्या के पुत्र श्रीराम से करती हैं।"

"महाराज दशरथ भी श्रीराम से ही सबसे अधिक प्रेम करते हैं।" मैंने कहा।

"तुम यह कैसे कह रही हो, उर्मिला?"

"यह तो एकदम स्पष्ट है, मांडवी।"

"मेरे पति भरतजी भी अपने अग्रज से बहुत प्रेम करते हैं और उनके सम्मान में कुछ भी कर सकते हैं।" मांडवी ने कहा।

"क्या तुम्हें इससे कुछ असुविधा है?"

"नाम मात्र को भी नहीं।"

"मुझे आश्चर्य हो रहा है।"

"क्यों?"

"बस, यों ही।" मैंने मंद स्वर में कहा।

"मुझे बताओ न, क्या बात है?" मांडवी ने अनुरोध किया।

उसके उस प्रश्न का उत्तर देने के बजाय मैंने पूछा, "क्या वे तुम्हें अपने मन में किसी प्रकार के असंतोष का संकेत देते हैं?"

"कैसा असंतोष ?"

"रहने दो, तुम नहीं समझोगी।" मैंने खिन्न स्वर में कहा।

"नहीं, समझ लूँगी।"

"क्या तुम्हें अपने पति पर पूर्ण स्वामित्व प्राप्त है ?"

"है ! और तुम्हें ?"

"नहीं है।"

"ऐसा क्यों कहती हो ?"

"यही सत्य है, मांडवी।"

"और स्पष्ट करो।"

"मेरे स्वामी-पति पूर्णरूपेण अपने अग्रज के प्रति समर्पित हैं।" मैंने कुछ उचाट एवं ठंडे स्वर में कहा।

"अभी भी मुझे तुम्हारी बात का अर्थ पूरी तरह समझ में नहीं आया। और स्पष्टता से बताओ, शायद मैं तुम्हारी कुछ सहायता कर सकूँ।"

"यह असंभव है।"

"क्यों असंभव है ?"

"मेरे पति इस विषय में कुछ भी कहना या सुनना नहीं चाहते हैं।" मैंने निराशा भरे स्वर में कहा।

"क्या चाहती हो तुम उनसे ?"

"मैं चाहती हूँ कि वे मुझे कुछ समय दिया करें। पर मेरी इस छोटी सी इच्छा की पूर्ति करना उन्हें असंभव-सा लगता है। वे सदा अन्य कार्यों में व्यस्त दिखते हैं। अब मैं उनसे इस विषय में चर्चा तक नहीं करती।"

फिर मांडवी ने चलते-चलते कह दिया, "उर्मिला, अब मैं तुम्हें कुछ सलाह देना चाहती हूँ। सुनोगी ?"

"अवश्य सुनूँगी, उस पर विचार भी करूँगी।"

"तुम अपने मन की बात अपने पति से स्पष्ट रूप से कह दो। तुम महाराज सीरध्वज जनक की पुत्री हो और तुम अपने अधिकार की माँग

अपने पति से कर सकती हो। यह तनिक भी अनुचित न होगा।"

जब मांडवी वहाँ से चली गई तो मेरा संपूर्ण व्यक्तित्व उद्वेलित हो गया था। गंभीरता से हमारे मध्य हुए उस वार्त्तालाप में विचार करने के पश्चात् मैं इस निष्कर्ष पर पहुँची कि मांडवी का परामर्श मेरी स्थिति में पूरी तरह सही था।

...रात को मेरे पति श्रीलक्ष्मण ने जब कक्ष में प्रवेश किया तो मैं बिल्कुल मौन रही। पहले तो उन्होंने उस पर ध्यान नहीं दिया, पर शीघ्र ही उन्हें समझ में आ गया कि मेरा व्यवहार और दिनों से बिल्कुल विपरीत था। उनके सारे प्रश्नों का उत्तर मैं संक्षेप में देती रही थी।

"क्या बात है, उर्मिला, आज यह मौन क्यों धारण कर रखा है तुमने ?" उन्होंने मुझसे पूछा।

"कोई बात नहीं है।" मैंने शांत स्वर में कहा।

पर उसमें छुपी कटुता का आभास उन्हें हो गया।

"आज तुम बहुत अन्यमनस्क सी लग रही हो। क्या कोई कष्ट है ?"

"कष्ट-ही-कष्ट है।" मैंने मंद स्वर में कहा।

"कारण जान सकता हूँ ?"

"आवश्यकता नहीं है।"

"है !" उन्होंने ऊँचे स्वर में कहा।

"क्यों है ?"

"पति-पत्नी के बीच का संकोच पूरे वैवाहिक जीवन को ध्वस्त कर सकता है।" उन्होंने मेरी ओर तीक्ष्ण दृष्टि डालते हुए कहा।

"अब ध्वस्त होने को बचा ही क्या है ?" मेरे मुँह से निकल पड़ा।

उनके स्वर में पीड़ा थी, जब उन्होंने पूछा, "क्या कहना चाहती हो, उर्मिला ? मुझे बिल्कुल समझ में नहीं आ रहा है।"

"समझ में तभी आएगा, जब समझने का प्रयास करेंगे !" मैंने कड़े स्वर में कहा।

वे मुसकराकर बोले, "मैं कुछ मंद बुद्धि हूँ। चलो, अब तुम्हीं मुझे समझा दो।"

"आप मेरे प्रति अपने दायित्व का निर्वाह नहीं कर रहे हैं, स्वामी!"

"कैसे?"

"सारे दिन मैं एकांत में आपकी प्रतीक्षा करती रहती हूँ।"

"एकांत में प्रतीक्षा करती रहती हो! क्या यहाँ अन्य लोग नहीं हैं?"

"हैं।"

"फिर!"

"वे पति का स्थान नहीं ले सकते। यहाँ एकांत में मुझे गहरे खालीपन का बोध होने लगता है। मुझे लगता है कि जैसे मैं एक यात्रिक एवं अर्थहीन जीवन जी रही हूँ।" मैंने तिक्त स्वर में कहा।

उनके स्वर में रोष का संकेत था, जब उन्होंने कहा, "उर्मिला, अपने जीवन को सार्थक एवं निरर्थक बनाना व्यक्ति के अपने हाथ में है।" वे कुछ क्षणों के लिए मौन हो गए। मैं उनके मस्तिष्क में चलनेवाले विचारों को पढ़ने की चेष्टा करने लगी। फिर अचानक वे कहने लगे, "अब तुम ही बता दो कि तुम्हारी मुझसे क्या अपेक्षा है?"

"पहले आप मुझे बताएँ कि एक नवविवाहिता की अपने पति से क्या अपेक्षा हो सकती है?"

"मुझे इसकी समझ नहीं है। तुम्हें ही मुझे यह बताना पड़ेगा।" उन्होंने धीमे स्वर में कहा।

"ठीक है, मैं अपने कथन को स्पष्ट करती हूँ।" मैं कुछ क्षणों के लिए चुप हो गई। वे अपने बड़े-बड़े नेत्रों से मुझे निहारने लगे। "आपको मुझे अधिक-से-अधिक समय देना पड़ेगा।" मैं कुछ क्षण रुककर और प्रभावशाली शब्दों को स्मरण करने का प्रयास कर रही थी, "आज मांडवी बता रही थी कि किस प्रकार वह अपने पति के साथ अधिक-से-अधिक समय बिताती है। उसने मुझे यह भी बताया कि श्रुतकीर्ति भी

अकसर अपने पति के साथ उपवनों और कुंजों में घूमती रहती है। पर मुझे देखिए, मैं यहाँ केवल एक तपस्विनी का-सा जीवन जीने के लिए बाध्य हूँ। क्या आपकी दृष्टि में यह अन्याय नहीं है?"

मेरी बात सुनकर मेरे स्वामी जोर-जोर से हँसने लगे। जब मैं उनकी ओर तीक्ष्ण दृष्टि से देखने लगी तो वे सहसा गंभीर स्वर में कहने लगे, "उर्मिला, मैं उनके पतियों की तरह चाहकर भी उनकी तरह उन्मुक्त जीवन नहीं बिता सकता या जी सकता हूँ।"

"क्यों नहीं बिता सकते?" मैंने कुछ कठोर स्वर में पूछा।

"यह एक रहस्य है।"

"आपको मुझे वह रहस्य बताना पड़ेगा।"

"नहीं बता सकता।"

"बताना पड़ेगा, स्वामी! धर्म के विमुख आप कैसे जा सकते हैं? मैं आपकी भार्या हूँ। मुझसे किसी प्रकार का दुराव-छिपाव आपके लिए पाप होगा!" मैंने अपने कथन पर जोर देते हुए कहा।

"किंतु यदि मैंने तुम्हें वास्तविक कारण बता दिया तो वह और बड़ा पाप होगा। तुमसे कारण...सत्य को छुपा लेने का बोझ मैं सहन कर लूँगा। इससे यदि मेरी आत्मा धूमिल भी पड़ जाती है तो मुझे लेशमात्र भी दुःख नहीं होगा।"

उन क्षणों में मेरे भीतर का क्रोध पूरी तरह तिरोहित हो गया था। स्वामी के कथन में एक प्रकार की पीड़ा का संकेत था। अब मुझे एक अपराध-बोध ने घेर लिया था। मैं मन-ही-मन स्वयं को अपने उस व्यवहार के लिए धिक्कारने लगी थी। मुझे अब स्पष्ट हो गया था कि हर विवाहित जोड़े की जीवन-प्रणाली एक-सी नहीं हो सकती।

अपने स्वामी की ओर प्रेमपूर्वक निहारते हुए मैंने अत्यंत मृदु स्वर में कहा, "मेरे कठोर शब्दों के लिए आप मुझे क्षमा कर दें। जो कुछ भी हुआ, उसका कारण मेरे भीतर व्याप्त तनाव है। इसका कारण भी स्पष्ट

है। आपके साहचर्य की प्रबल कामना मेरे हृदय में गहराई से बसी है। आपकी लंबी अनुपस्थिति मेरी निराशा को घनीभूत कर देती है। मेरे मुँह से निकलनेवाले अनुचित शब्दों के मूल में भी यही मुख्य कारण है।"

मेरे शब्दों को सुनकर उनका क्लांत मुखमंडल हर्ष से चमकने लगा था। तेजी से बढ़कर उन्होंने मुझे अपने बाहुपाश में इस प्रकार पकड़ लिया, जैसे कि वे मुझे कभी भी एकांत का कष्ट नहीं भोगने देंगे। मैं भी एक चिड़िया की तरह स्वामी के उस आलिंगन की गरिमा एवं ऊष्मा से आप्लावित हो गई थी उन क्षणों। उनके कठोर और विशाल बाहुओं में न जाने कैसा आकर्षण था कि मैं अपनी सारी मानसिक वेदना को भूल गई थी उन विराट् क्षणों में।

"उर्मिला!" उन्होंने बहुत मीठे स्वर में कहा।

"स्वामी!" मैंने आनंदातिरेक में कहा।

"क्या कभी हृदय के स्पंदन के बिना कोई जीवित रह सकता है, उर्मिला?"

"नहीं स्वामी, यह असंभव है।"

"तो सदैव यह स्मरण रखना कि तुम मेरे जीवन का स्पंदन हो।" फिर अपनी दृष्टि को मेरे ऊपर केंद्रित कर उन्होंने कहा, "मैं जान-बूझकर कभी भी पति के रूप में अपने दायित्व की अवहेलना नहीं करता हूँ और हाँ, तुम्हें एक परामर्श देना भी उचित समझता हूँ।"

मैं उनकी ओर देखने लगी। उनके नेत्रों में उस समय एक गहरी चमक थी।

"आप मेरा मार्गदर्शन करें।" मैंने प्रेम से सराबोर उन क्षणों में कहा। जब वे मेरी ओर देखने लगे तो मैंने मुसकराकर कहा, "आपकी उर्मिला एक कुपित एवं खीजी नारी तो हो सकती है, पर कभी भी वह एक अभद्र प्रेमिका एवं पत्नी नहीं हो सकती है।"

पति-पत्नी के संबंधों को समझना कोई सरल कार्य नहीं है। इसके

लिए एक द्रष्टा का संवेदनशील और चिंतन-प्रधान होना आवश्यक है। अपने सारे प्रयासों को करते हुए भी मैं अपने पति के गृह में एक मनो-दैहिक पीड़ा से ग्रस्त होती जा रही थी। मुझे अब निरंतर उबाऊ समरसता की व्यथा हर रोज झेलनी पड़ती थी और चाह कर भी मैं उससे अपने को मुक्त करने में विफल हो गई थी।

अपने सारे प्रयासों के बावजूद मैं अपने भीतर किसी प्रकार का सामंजस्य स्थापित नहीं कर पा रही थी। मेरे भीतर उत्पन्न होनेवाले विरोधी भावों से उत्पन्न होनेवाले उच्चाटन को कोई भी नहीं समझ पा रहा था। सारी जटिलता और विषमताओं के होते हुए भी एक स्तर पर मेरे स्वामी बिल्कुल निश्छल बालक की तरह सरल स्वभाव के थे। अपने सारे निश्चय और गुप्त क्रोध के होते हुए भी मैं उनकी उपस्थिति में न कुछ कह पाती थी और न ही कुछ कर पाती थी। उनकी वज्र-सी कठोर देह के एक स्पर्श मात्र से मैं मोम की तरह पिघलकर रह जाती थी। हर रात्रि का यह नियम-सा बन गया था। क्यों होता था यह सब मेरे संग? क्या यह चराचर की सब नारियों के साथ होता है? एक पुरुष-प्रधान समाज में क्या नारी केवल मनोरंजन का साधन मात्र ही है? क्यों यह समाज इतनी क्रूरता से किसी नारी के सिर पर आदर्शों का बोझ लाद देता है?

प्रश्न अनेक थे और मैं अकेली ही उनसे जूझ रही थी। केवल पुरुष की देखभाल करने और उसकी कामनाओं को पूरा करने के लिए नारी का जन्म हुआ है क्या? मैं नहीं मानती ऐसे समाज को और उसकी सड़ी-गली मान्यताओं को, जो पुरुष की संतुष्टि में नारी के जीवन की सार्थकता को देखता है। हर रोज उत्पन्न होनेवाले इस मानसिक संघर्ष ने मुझे भीतर-ही-भीतर झकझोर दिया था। मेरे मन में एक धुंध-सी पड़ने लगी थी। मेरी जीवन-दृष्टि भी धूमिल हो चली थी।

···समय तेजी से बीत रहा था। अपने मन को बहलाने के लिए

मैंने अब अपने अगल-बगल के जीवन को भी ध्यान से देखना शुरू कर दिया था। सारी शांति और वैभव के होने के बावजूद मुझे राजमहल के जीवन में न जाने क्यों, एक बिखराव का बोध-सा लगता था। माता कौशल्या और माता सुमित्रा मुझे एक-दूसरे के ज्यादा निकट लगती थीं। माता कैकेयी से दोनों एक दूरी और तटस्थता बनाए रखती थीं। शायद इसका कारण वैर-भाव से अधिक मनोवैज्ञानिक था। माता कैकेयी का व्यक्तित्व कई स्तरों पर अन्य दोनों माताओं से अधिक प्रखर एवं उदात्त था। मुझे लगा था कि स्वयं महाराज दशरथ महारानी कैकेयी के संपर्क में अधिक रुचि रखते थे। मुझे यह समझने में अधिक समय नहीं लगा था कि महारानी कैकेयी का प्रभाव क्षेत्र अन्य दो महारानियों से अधिक था। स्वयं महारानी कैकेयी भी अपने इस प्रभाव को पूर्णरूपेण मानती थीं।

…मैंने यह भी देखा कि मेरे जेठ श्रीराम बहुत ही लोकप्रिय थे। सारी प्रजा उनको भावी राजा के रूप में देखती थी। उनके तीनों भाई उनका बहुत ही सम्मान करते थे। उनकी तीनों माताएँ उनको प्रेम करती थीं। कभी-कभी तो मुझे लगता था कि महारानी कैकेयी उनको अपने स्वयं के पुत्र भरत से भी अधिक प्रेम करती थीं। स्वयं राम अपनी तीनों माताओं को समान रूप से प्रेम करते थे। अकसर वे माता कैकेयी के महल में जब जाते तो ऐसा लगता जैसे कि वह माता कैकेयी के अपने स्वयं के पुत्र हों।

मैं भी कभी-कभी माता कैकेयी के पास चली जाती धी। वे मुझे अपनी, महाराज दशरथ एवं चारों भाइयों तथा राजमहल से जुड़ी अनेक कथाएँ सुनाती थीं। मेरे एवं उनके बीच जुड़ाव का एक और बड़ा कारण था कि स्वयं महारानी कैकेयी एक बहुत बड़ी चित्रकार भी थों। मैं स्वयं भी चित्रकला से अपार प्रेम करती थी। महारानी कैकेयी के संपर्क में मैंने चित्रकला की कई बारीकियाँ भी सीख ली थीं। वे एक कुशल वक्ता भी थीं। उनका शब्द-चयन मुझे बहुत प्रभावित करता था।

पर उनके महल में मुझे सबसे अप्रिय लगता उनकी सेविका मंथरा

का आना-जाना। माता कैकेयी उसे अपनी दासी न मानकर अपनी माता जैसी मानती थीं। कुब्जा मंथरा ने ही महारानी कैकेयी का पालन-पोषण उनके बाल्यकाल में किया था, क्योंकि उनकी माता का देहांत उनके बाल्यकाल में ही हो गया था। मंथरा भी महारानी कैकेयी का बहुत खयाल रखती थी और सदा उनके ही हित के बारे में सोचती रहती थीं।

...एक दिन मैं महारानी कैकेयी से मिलने उनके महल में पहुँच गई थी। मैं उनके कक्ष में प्रवेश करने ही वाली थी कि मंथरा एवं महारानी कैकेयी के मध्य जोर-जोर से कोई बहस हो रही थी। जिज्ञासावश मैं ध्यान से उन दोनों के मध्य होनेवाले वार्त्तालाप को सुनने लगी थी।

दोनों का स्वर ऊँचा था, इसलिए सबकुछ स्पष्ट सुनाई दे रहा था।

महारानी कैकेयी ने कहा, "मंथरा, तुमने शुभ समाचार सुना क्या?"

"क्या शुभ समाचार है, महारानी कैकेयी?"

"राम का राज्याभिषेक होने वाला है। चल, मैं तुझे मिष्टान्न खाने को दूँ।"

"नहीं चाहिए मुझे आपके मिष्टान्न एवं उपहार!" मंथरा ने कटु स्वर में कहा।

"क्या कह रही है, मंथरा? तेरी बातें मुझे समझ में नहीं आ रही हैं।"

"राम के राज्याभिषेक में क्यों इतनी प्रसन्न हो रही हो, महारानी?"

"क्या राम मेरा पुत्र नहीं है? कितना आदर करता है वह मेरा!"

इस पर अत्यंत कुपित भाव से मंथरा ने कहा, "मैं तो राम की जगह भरत को अयोध्या के राजा के रूप में देखना चाहती हूँ।"

"कैसी बात कर रही है तू, मंथरा? तुझे लज्जा नहीं आ रही है?"

"लज्जा तो आपको आनी चाहिए महारानी, कि आप अपने स्वयं के पुत्र के प्रति अन्याय होते हुए भी मौन बैठी हैं। पर मैं नहीं बैठूँगी। मेरी गोद में खेलकर आप बड़ी हुई हैं।" मंथरा ने उत्तेजित स्वर में कहा।

उसकी बात से माँ कैकेयी रुष्ट हो गईं। वे बोलीं, "मैंने तुम्हें हमेशा

अपनी माँ समझा और तुम्हारी बातों को, तुम्हारी मंत्रणा को सर्वोपरि स्थान दिया। तुम अब अपने मंतव्य को स्पष्ट करो।"

"महारानी, यह राजसिंहासन आपके पुत्र भरत को मिलना चाहिए।"

"क्यों मिलना चाहिए?"

"आपके मान की रक्षा के लिए।"

"कैसे? मेरे मान को क्या होना है?"

"यदि राम राजा बना तो महारानी कौशल्या राजमाता बनेंगी।"

"इससे क्या होगा?"

"आपकी स्थिति हीन हो जाएगी।"

कुछ सोच में पड़ते हुए कैकेयी ने पूछा, "किंचित् और विस्तार से तो बताओ, मंथरा।"

मंथरा की आँखों में एक क्रूर चमक आ गई। कुछ रुक-रुककर वह कहने लगी, "यह कभी मत भूलना, महारानी कि महाराज दशरथ की दो अन्य महारानियाँ तुमसे द्वेष-भाव रखती हैं। मुझे तो पूरा विश्वास है कि कौशल्या के राजमाता बनते ही वह राम के साथ मिलकर तुमको और भरत को कारागार में डलवा देंगी।"

महारानी कैकेयी पर मंथरा के शब्द अब हावी हो चुके थे। उन्होंने अत्यंत दीन भाव से अपनी उस दासी से पूछा, "मंथरा माँ, अब तुम्हीं मुझे कोई मार्ग सुझाओ।"

इस पर मंथरा ने कहा, "इसके शमन का उपाय मेरे पास है।"

"उपाय है। क्या है? मुझे बताओ न।"

मंथरा ने तब कहा, "तुम्हें याद है, जब महाराज दशरथ ने तुम्हें कोई दो इच्छाओं की पूर्ति का वचन दिया था, जब तुमने एक युद्ध में उनके प्राणों की रक्षा की थी। उस वचन को प्राप्त करने का समय आज आ गया है।"

"क्या कहूँ मैं महाराज से?"

"माँगो महारानी, अपने और भरत के हितों की रक्षा के लिए, राम को चौदह वर्ष का वनवास और भरत के लिए राजगद्दी। जब भरत राजा बनेगा, मेरा प्यारा भरत, तभी उसकी संतानों का मान भी बढ़ेगा!"

इसके पूर्व कि महारानी कैकेयी कुछ कहतीं, मैं क्रोध में भरकर आगे बढ़ते हुए उन दोनों के सामने पहुँच गई और मैंने अत्यंत कठोर स्वर में उस घातक मंथरा से कहा, "दुष्ट दासी, तू इस परिवार का अहित करना चाहती है!"

इस पर महारानी कैकेयी ने अत्यंत उच्च स्वर में मुझसे कहा, "उर्मिला, तू मेरी माँ का अपमान कर रही है। यदि तू अपना भला चाहती है तो अभी, इसी क्षण मेरे इस कक्ष से बाहर निकल जा!"

"पर, माँ…"

"बस, निकल जा यहाँ से। मुझे कुछ और अधिक नहीं सुनना है।"

दुःखी मन से मैं वहाँ से वापस लौट आई। मैंने अपने दुःख को अपने तक ही सीमित रखा।

फिर जिस बात का संदेह मुझे हो रहा था, वही हुआ। बात-ही-बात में मंथरा ने माता कैकेयी से यह भी कह दिया था कि किस तरह जब भरत ननिहाल गया है, राम के राज्याभिषेक को किया जा रहा है, जिससे किसी प्रकार का भी व्यवधान पड़ने की संभावना ही न रहे।

…रघुकुल की परंपरा का निर्वाह करते हुए महाराज दशरथ को अपने वचन का पालन करना पड़ा था। नगर में व्याप्त हर्ष का वातावरण शोक में बदल गया था। स्वयं वृद्ध महाराज भी उस दुःख का भार नहीं सह सके। उनकी मृत्यु हो गई।

सबकुछ अस्त-व्यस्त हो गया था। महाराज दशरथ की मृत्यु के पूर्व ही उनकी आज्ञा का पालन करते हुए मेरे जेठ श्रीरामजी सीता दीदी एवं मेरे पति लक्ष्मण के साथ वन की ओर प्रस्थान कर चुके थे।

मेरे लिए यह एक बहुत बड़े संकट की घड़ी थी। पहले मेरे जेठ

अपनी पत्नी को वन में साथ नहीं ले जाना चाहते थे, परंतु उनके हठ के सामने विवश होकर वे उन्हें वन में अपने साथ ले गए। मेरे पति को यद्यपि वन जाने की कोई विवशता नहीं थी, फिर भी वे अपने अग्रज के साथ उनकी एवं उनकी पत्नी—अपनी भाभी की सेवा एवं रक्षा के लिए उस कठोर जीवन के मार्ग पर चल पड़े।

विछोह के वे क्षण बहुत ही वेदनामय थे।

"उर्मिला, मैं बड़े भैया श्रीराम के साथ चौदह वर्ष के लिए वन में जा रहा हूँ।"

"और सीता दीदी?"

"वे भी अपने पति के साथ जा रही हैं उनकी देखभाल करने के लिए।"

"पर उन्हें तो कोई बाध्यता नहीं है और न ही आपको कोई बाध्यता है।"

उन्होंने तीक्ष्ण दृष्टि से मुझे निहारते हुए कहा, "उर्मिला, संसार में नैतिक बंधन भी बहुत बड़ा बंधन होता है।"

"स्वामी, कृपा कर अपने भाव को स्पष्ट करें।"

"भाव स्पष्ट है। उसे समझने के लिए किसी विशेष प्रयास की आवश्यकता नहीं है।" उन्होंने गंभीर स्वर में कहा।

"परंतु मुझे आप का भाव स्पष्ट नहीं है।" मैंने कुछ रोषपूर्ण स्वर में कहा। मैं कुछ सोचने लगी। वे मेरी ओर ध्यानपूर्वक देखने लगे। अचानक मेरे चेहरे पर चमक आ गई। मैंने अत्यंत आतुर स्वर में कहा, "ठीक है स्वामी, आप वन जाएँ।"

"मुझे तुमसे यही अपेक्षा थी, उर्मिला।" उन्होंने मुदित स्वर में कहा।

"किंतु मेरी भी एक शर्त है, निवेदन है।" मैंने स्पष्ट स्वर में कहा।

वे कुछ भ्रमित-से हो गए और मेरी ओर प्रश्नपूर्ण दृष्टि से देखने लगे।

मैं उनसे बोली, "ठीक है, मैं भी आपके साथ चलती हूँ वन में।"

"यह संभव नहीं है, उर्मिला।" वे एकदम से बोल पड़े।

"क्यों संभव नहीं है ?" मैंने पूछा।

"वहाँ का जीवन अत्यंत कठिन एवं कष्टों से भरा होगा। उस वन्य प्रदेश में संकट-ही-संकट हर पग पर है।"

"आपके साथ मैं सारे संकटों एवं कष्टों का सामना कर लूँगी, जैसे कि सीता दीदी अपने पति के साथ करेंगी।" मैंने उनकी ओर देखते हुए कहा। वे कुछ सोचने लगे। "कम-से-कम वन में तो मेरे और आपके मध्य निकटता बनी रहेगी। मुझे इस संसार में केवल आपके सामीप्य की कामना है।"

इस पर कुछ विचलित स्वर में उन्होंने कहा, "उर्मिला, मैं भी तुम्हारी निकटता के लिए लालायित रहता हूँ...परंतु इस समय तुम्हें अपने साथ वन में ले जाना नितांत असंभव है।"

उनके शब्दों से मेरा मुखमंडल मलिन पड़ गया। मेरे शब्दों में व्यक्त निराशा का बोध मेरे स्वामी को अवश्य हो गया होगा।

"मुझे अब सारी बात समझ में आ गई है, स्वामी।" मैंने कहा।

मेरे शब्दों में व्यक्त पीड़ा ने उनका हृदय क्षत-विक्षत कर दिया होगा। पर उन क्षणों में मैंने अपनी कोमल भावनाओं को कुचल-सा दिया था। बहुत देर बाद वे केवल इतना ही कह सके, "उर्मिला, तुम अपने कथन का स्पष्टीकरण करो।"

"सबकुछ स्पष्ट है, स्वामी। आप कदाचित् मुझे अपने पथ की बाधा मानते हैं। मुझे तो लगता है कि नारी का पुरुष के जीवन में कोई भी महत्त्व नहीं है। वह पुरुष के लिए केवल एक साधन मात्र है। मुझे यह बोध अच्छी तरह हो गया है कि आप परम निर्मोही हैं, और कुछ नहीं।"

मेरे शब्दों के शूल से उनके भीतर भावनाओं का ज्वार-सा उठ गया। उन्होंने मुझे अपनी विशाल भुजाओं के घेरे में ले मुझे भूमि से कुछ

ऊपर उठा लिया और कहने लगे, "इस बिछोह से उत्पन्न संताप को मुझे भी झेलना पड़ेगा, मेरी प्राण प्रिये। तुमसे दूर रहने की पीड़ा क्या मुझे कम होगी? परंतु मैं कर्तव्य की डोर को काट नहीं सकता। वन में मुझे अपने अग्रज एवं उनकी भार्या, जो मेरे लिए माता से कम नहीं है, की रक्षा और सेवा का दायित्व पूर्ण निष्ठा एवं कर्तव्य-परायणता से निभाना होगा।"

"और आपका अपना स्वयं का जीवन?"

"मैं मात्र एक सेवक हूँ, प्रिये।"

"आप क्या कहना चाहते हैं?"

"कुछ नहीं कहना चाहता।"

"फिर यह सब क्या है?"

अपने भाव में खोए हुए उन्होंने कहा, "उर्मिला, एक रहस्य बताऊँ?"

"बताएँ।"

"तुम उपहास तो नहीं उड़ाओगी?"

"क्या मैं ऐसा कर सकती हूँ?"

"तुम्हारी कमी मेरे जीवन में बनी रहेगी। पर अरण्य में मैं केवल एक सेवक मात्र रहूँगा और मेरा लक्ष्य रहेगा मात्र सेवक धर्म का निर्वाह करना और कुछ नहीं।" उन्होंने उदास भाव से कहा।

मेरे मन में एक गहरी पीड़ा का आभास मुझे हुआ। मैं उनके हृदय में व्याप्त पीड़ा को समझ गई थी। उनको दिलासा देते हुए मैंने कहा, "स्वामी, अब मैंने अपने को सँभाल लिया है। आप बिना किसी मानसिक बोझ के अपने भैया और भाभी के साथ वन को जाएँ। मैं इस लंबे वियोग को सहन करने की क्षमता रखती हूँ।"

अपने स्वामी की आँखों में मैंने उन क्षणों में दिव्य शांति का भाव देखा। उन्होंने प्रबल भावनाओं के वशीभूत हो अनेक बार मुझे आलिंगन किया और फिर क्षिप्र गति से बाहर निकल गए।

श्रीराम के अयोध्या से प्रस्थान के बाद ऐसा लगने लगा जैसे कि नगर को एक घनी उदासी ने आवेष्ठित कर लिया था। मुझे तो अपना जीवन अब पूर्णरूपेण खंडित एवं बिखरा-बिखरा-सा लगने लगा था। मैं फिर भी भावनाओं के दबाव से ऊपर उठने का प्रयास कर रही थी।

…मुझे याद है कि जब भरत लौटकर आए और जैसे ही उन्हें राजमहल में होनेवाली घटनाओं का पता चला तो वे शोक से व्याकुल हो उठे। शत्रुघ्न, मांडवी और श्रुतकीर्ति भी पूरी तरह हतप्रभ रह गए थे। मैंने उन्हें सांत्वना देने का पूरा दायित्व उठा लिया था। उन क्षणों में भरत के शोकाकुल हृदय से उत्पन्न होनेवाले उद्गार ने मांडवी को विचलित कर दिया था। जब माता कैकेयी ने अपने पुत्र को समझाना चाहा तो उन्होंने बहुत कठोर और विषाक्त शब्दों का प्रयोग कर अपनी माँ का निरादर किया। एक ही झटके में पुत्र भरत ने माँ कैकेयी की मातृत्व की भावना को ध्वस्त कर दिया था। शत्रुघ्न तो मंथरा का वध तक कर देना चाहते थे; परंतु उनको मैंने किसी प्रकार रोक दिया था।

धीरे-धीरे शोक प्रभाव कुछ क्षीण हो जाने पर कुल पुरोहित एवं राजगुरु ने भरत का राज्याभिषेक करना चाहा; परंतु भरत को यह किसी भी तरह स्वीकार्य नहीं था। अपनी तीनों माताओं, कुल पुरोहित, राजगुरु तथा अन्य गण्यमान्य व्यक्तियों के साथ श्रीराम से मिलने और उन्हें पुनः अयोध्या वापस लाने को उनके पास पहुँच गए थे। श्रीराम ने किसी प्रकार वापस आने के अनुरोध को नहीं स्वीकार किया। अंत में भरतजी श्रीराम की चरण-पादुका लेकर वापस आ गए और उसे राजसिंहासन पर रखकर सरयू नदी के किनारे बसे नंदीग्राम से राज्य की व्यवस्था चलाने लगे। वे वहाँ सब भौतिक वस्तुओं का त्याग कर एक संन्यासी का-सा जीवन बिताने लगे। उन्होंने अपने पारिवारिक जीवन का भी त्याग कर दिया। अब मांडवी भी एक परित्यक्ता का जीवन बिताने के लिए बाध्य हो गई थी।

"मांडवी, अपने को सँभालने का प्रयास करो।" एक दिन मैंने उसे

सुझाव देते हुए समझाने का प्रयास किया।

वह फूट-फूटकर रोने लगी और फिर बोली, "मुझे क्या ज्ञात था कि दुर्भाग्य इस तरह मेरे पीछे पड़ जाएगा।"

उस पर एक प्रेम भरी दृष्टि डालकर मैंने कोमल स्वर में कहा, "मांडवी, मैं तुम्हारा दुःख समझ रही हूँ। पर तुम्हें इस प्रकार हिम्मत को नहीं हारना चाहिए। जब मनुष्य का समय विपरीत हो तो उसे अपने धैर्य को बनाए रखना चाहिए।"

"पति के बिना मैं कैसे इस राजमहल में रह सकती हूँ?"

"मांडवी!"

"अब जीवन में कुछ भी शेष नहीं रहा, उर्मिला।"

"अभी तुम अपने कष्ट का निराकरण कर सकती हो।"

"कैसे?"

"तुम अपने पति के पास जा सकती हो।"

"वे आजकल एक गृह-त्यागी का जीवन बिता रहे हैं।"

"कोई बात नहीं।"

"वे इसकी आज्ञा नहीं देंगे।"

"देंगे।"

"नहीं देंगे।"

"मेरे पास एक समाधान है।"

"बताओ न, उर्मिला।"

"उनकी कुटिया से कुछ दूर हटकर तुम अपनी कुटिया बनवा लो।" मैंने कहा।

"इससे क्या लाभ होगा?"

"बहुत लाभ होगा, मांडवी।"

"मुझे समझ में नहीं आ रहा है।"

"समझने का प्रयास करो।" मैंने कहा।

“तुम ही समझाओ।”

“जानती हो, पति–पत्नी के मध्य सबसे महत्त्वपूर्ण घटक क्या हो सकता है?”

“मेरे विचार से तो यह केवल उनके बीच की समीपता ही हो सकती है।” मांडवी ने कहा।

“बिल्कुल ठीक समझी हो तुम।” मैंने प्रशंसा के स्वर में कहा।

“पर मुझे एक शंका भी है!”

“मुझे बताओ।”

“कहीं मैं उनके पथ की बाधा तो नहीं बन जाऊँगी?”

“किसी भी रूप में नहीं।”

“उर्मिला, मुझे थोड़ा विस्तार से बताओ कि किस प्रकार मैं अपने पति के इस कठोर जीवन को बिताने में सहायक हो सकती हूँ?”

“तुम भी उनकी तरह का जीवन बिताने का प्रयास करो और उनके आसपास रहकर उनकी देखभाल करो।” मैंने कहा।

“पर इसके लिए तो उनके पास सेवक हैं।”

“वे तुम्हारा स्थान नहीं ले सकते हैं। मांडवी, मुझे पूर्ण विश्वास है कि तुम्हारी उपस्थिति मात्र से उनके कष्ट का प्रभाव कुछ अवश्य कम हो जाएगा।”

उन क्षणों में मैंने देखा कि मांडवी के चेहरे पर फैली हुई अवसाद की कालिमा हट गई थी। मेरी ओर कृतज्ञ दृष्टि से देखते हुए वह कहने लगी, “उर्मिला, तुम्हारे सुझाव के लिए मेरा हृदय से धन्यवाद। तुमसे वार्त्तालाप कर मेरे सारे भय एवं संदेह दूर हो गए हैं। अपने स्वामी के सामीप्य मात्र से मैं अपने दुःख से मुक्त हो जाऊँगी।”

…जब मांडवी वहाँ से चली गई तो मेरे भीतर एक हलचल–सी मच गई। अपने पति और मेरे मध्य का संबंध न जाने क्यों मुझे अर्थहीन–सा लगने लगा। अब तो वे मुझसे एक लंबे काल के लिए दूर चले गए, पर

जब वे यहाँ थे, तब भी तो वे मुझसे दूर थे। उन क्षणों में मुझे लगा कि हमेशा पुरुष किसी-न-किसी रूप में नारी को छलता ही रहता है। अपने सारे संस्कारों से ऊपर उठकर मैं अपने स्वामी की निष्ठुरता बिल्कुल तटस्थता से देख सकती थी। मेरे भीतर एक गुप्त आक्रोश उत्पन्न होने लगा था। न जाने क्यों, मुझे अपने पति के प्रेम पर ही संदेह होने लगा था। कभी-कभी मुझे लगता था कि उनका मेरे प्रति असीम प्रेम था। फिर, दूसरे ही क्षण मुझे लगने लगता था कि वे प्रेम करने के लिए बने ही नहीं थे। शायद उनका जन्म केवल कर्तव्य का निर्वाह करने के लिए ही हुआ था। वे एक आदर्श अनुज थे, पर एक आदर्श पति नहीं थे। इसी कारण से कदाचित् मैं अपने भीतर एक ठिठुरन का अनुभव भी करने लगी थी। हमारे संबंध में एक गुप्त दरार के होते हुए भी न जाने क्यों मुझे उनका साहचर्य बहुत प्रिय लगता था।

नारी एक भावनात्मक जीवन जीती है। शायद यही है उसके कष्ट का मूल कारण। जिस पुरुष के साथ वह एक बार जुड़ जाती है, उससे अलग होना उसके लिए असंभव-सा हो जाता है। प्रेम के लिए कुछ भी कर देने की कामना नारी में बहुत बलवती होती है। यही कारण है कि प्रेम के अभाव में एक नारी रह ही नहीं सकती है। पुरुष निर्मोही होता है। नारी के कोमल मन पर कुठाराघात करने में उसे तनिक भी संकोच नहीं होता है। राम, भरत और लक्ष्मण एक ही मनोवृत्ति का रूप हैं। जिस तरह बिना मेरी भावनाओं और अधिकार को दरकिनार कर मेरे महान् पति ने अपने अग्रज के साथ वन जाने को अधिक महत्त्व दिया, उससे कहीं-न-कहीं कोमल भावों से ओत-प्रोत मेरे भीतर की नारी ठिठुर-सी गई है। मुझे अब इसमें जरा भी संदेह नहीं रह गया है कि प्रेम के लिए सबकुछ त्याग देने की क्षमता का पुरुष में पूर्णरूपेण अभाव होता है। क्यों करूँ मैं अपनी स्वयं की भावनाओं का निरादर? अब मुझे लगने लगा है कि पत्नी पति के लिए केवल एक सामाजिक प्रतीक मात्र है। जिस समाज में नारी को

केवल एक साधन मात्र माना जाता है, उसे विकास की दुहाई देने का कोई अधिकार नहीं है। आज मैं जिस कष्ट को अकेले में भोग रही हूँ, क्या उसे किसी प्रकार से उचित सिद्ध किया जा सकता है?

प्रेम की गरिमा एवं उसकी विराटता में लिखा गया···प्राप्त होनेवाला हमारा वाङ्मय केवल एक झूठ का पुलिंदा मात्र है। सत्य तो यह है कि पुरुष प्रेम करने में···यहाँ तक कि उसे ग्रहण करने में अक्षम होता है। इसके विपरीत, एक नारी प्रेम की सार्थकता को प्राप्त करने के लिए किसी प्रकार की वर्जना को स्वीकार नहीं करती है। केवल नारी ही एक प्रेमचेता प्राणी है। उसके हृदय में उत्पन्न होनेवाला प्रत्येक स्पंदन इस कथन की पुष्टि करेगा। क्या मेरे स्वामी ने प्रेम की गुप्त धड़कन को सुनने की किंचित् भी चेष्टा की? क्या भरतजी ने मांडवी के विषय में एक बार भी विचार किया? क्या मेरे ज्येष्ठ श्रीराम ने कोमल भावनाओं को कोई महत्त्व दिया? संसार की दृष्टि में इन्हें त्याग का प्रतीक माना जाता है, पर मेरी दृष्टि में यह केवल भ्रमित कर देनेवाली प्रवंचना मात्र है। इससे अधिक यह कुछ भी नहीं है। अपने जीवन का आकलन करने पर मुझे लगने लगा है कि एक मिथ्या जीवन जीना पुरुष की मूल प्रवृत्ति है। प्रेम की निरंतर दुहाई देनेवाला पुरुष कभी भी नारी को मझधार में छोड़ सकता है। पर यह सब कहना अर्थहीन है, क्योंकि कई बार ठगे जाने के बाद भी एक नारी प्रेम के क्षणों में सबकुछ भूलकर एक समर्पित प्रेमिका में बदल जाती है। नारी के कोमल शरीर में बार-बार विलुप्त होकर भी पुरुष अपने दंभ में उसकी गरिमा एवं महत्त्व को स्वीकार करने में कृपण हो जाता है। आत्मघात में लिप्त हो वह तटस्थ भाव से देखने की क्षमता भी खो देता है। पुरुष प्रवृत्ति से आखेट-प्रेमी है। अधिकांशतः पुरुष नारी को इसी भाव से देखता है। उसके पास नारी की सूक्ष्म दृष्टि का अभाव है। वह स्थूल में ही प्रेम की तलाश करता है और अकसर उसमें सफल भी हो जाता है। अब कभी-कभी मुझे लगने लगता है कि मेरे स्वामी मेरे अपने होते हुए

भी मेरे अपने कभी भी नहीं रहे हैं। जिस प्रकार उन्होंने वन का मार्ग चुन लिया, उससे मुझे लगने लगा है कि वे सारी कोमलता के बावजूद एक निष्ठुर एवं भावना-शून्य पति रहे हैं।

···जीवन ऊहापोह में बीतता रहा। एक दिन रात्रि में कुछ उनींदी अवस्था में मैं अपने कक्ष में लेटी थी कि मुझे ऐसा लगा जैसे कोई मेरे सामने खड़े होकर मुझे कोमल स्वर में पुकार रहा था। मैं हड़बड़ाकर बैठ गई। मैंने देखा कि मेरे सामने एक बहुत सुंदर नारी रत्न-जटित वस्त्र धारण किए खड़ी है।

"आप कौन हैं, देवी? कहीं यह मेरा भ्रम तो नहीं?" मैंने पूछा।

"नहीं उर्मिला, जो कुछ भी तुम देख रही हो, वह सत्य है।" उन्होंने अत्यंत मृदु स्वर में कहा।

"मैंने आपको नहीं पहचाना। कृपया क्षमा करें, मेरे विचार से आप अवश्य कोई दैविक अस्तित्व हैं।" मैंने कहा।

इस पर हँसते हुए वे कहने लगीं, "तीनों लोकों में सब मुझसे परिचित हैं। तुम भी मुझे जानती हो।"

"मैं भी आपको जानती हूँ?"

"हाँ, जानती हो।"

"समझ में नहीं आ रहा है।"

"समझने का प्रयास करो।"

"मैं अपनी हार स्वीकार करती हूँ। आपके विषय में मेरी जिज्ञासा बढ़ती जा रही है।"

"अभी-अभी मैं तुम्हारे पति लक्ष्मण के पास से आ रही हूँ।"

"अभी आप मेरे पति के पास से आ रही हैं! क्यों गई थीं आप उनके पास?"

इस पर उस देवी ने कहा, "चलो उर्मिला, अब मैं तुम्हें अपना परिचय दे ही देती हूँ।" मैं उनकी ओर देखने लगी। उन्होंने फिर कहा,

"मैं निद्रा देवी हूँ। मैं हर जीवित प्राणी के जीवन का अभिन्न अंग हूँ।"

"तो क्या प्रयोजन था आपका मेरे पति के पास जाने का?" मैंने पूछा।

वे बोलीं, "तुम्हारे पति के पास जब मैं गई तो उन्होंने निवेदन किया कि अपने अग्रज और उनकी भार्या की रक्षा के लिए यह नितांत आवश्यक है कि वे सोएँ नहीं।"

"फिर आपने क्या कहा?"

"मैंने कहा कि हर प्राणी को मुझे मेरे अधिकार को देना पड़ेगा। उन्हें भी निद्रा देवी की अवहेलना नहीं करनी चाहिए, चाहे कारण कुछ भी हो। फिर मैंने उन्हें सुझाव दिया कि यदि कोई अन्य व्यक्ति उनकी निद्रा का भार ग्रहण कर ले तो वे जागते रह सकते हैं।"

"आप ऐसा क्यों करना चाहती हैं?" मैंने पूछा।

"इसके पीछे एक दैव इच्छा भी है, उर्मिला। वह समय आने पर तुम्हें स्वयं ज्ञात हो जाएगा।" उन्होंने कहा।

"ठीक है, मैं आपसे पूछूँगी भी नहीं। पर मेरा निवेदन है, कृपया बताएँ कि मेरे पतिदेव ने आपसे क्या कहा?"

"मेरे अनुरोध पर लक्ष्मण ने कहा, 'मेरे हिस्से की निद्रा आप उर्मिला को दे दें।' यहाँ मैं वही प्रस्ताव लेकर आई हूँ। तुम्हारे पति को पूर्ण विश्वास है कि तुम मेरा प्रस्ताव अवश्य स्वीकार कर लोगी।"

निद्रा देवी का प्रस्ताव सुनते ही मेरा मन हर्ष से भर उठा। मैंने कहा, "हे देवी! मुझे बिना किसी संकोच के आपका प्रस्ताव मान्य है। ठीक है, मैं अपने पति के हिस्से की निद्रा को सहर्ष स्वीकार करती हूँ।"

"तुम इसे किस प्रकार चाहती हो, उर्मिला? मैं तुम्हारी इच्छानुसार ही सारा कार्य करूँगी।"

इस पर मैंने कहा, "हे करुणामयी देवी! मेरा आपसे निवेदन है कि मैं अपने और अपने पति की निद्रा का भार वहन करने के लिए एक दिवस का आधा भाग समर्पित करती हूँ।"

देवी ने इस पर बड़ी प्रसन्नता और प्रेम से कहा, "उर्मिला, द्वारा आज सतीत्व की परीक्षा में तुम उत्तीर्ण हुई हो। आज मेरे इस प्रस्ताव का जो अनुमोदन तुमने किया है, इसका तुम्हारे पति के भविष्य में बहुत गहरा प्रभाव रहेगा।" फिर कुछ क्षणों के लिए मौन हो वे अत्यंत प्रेम से मेरी ओर देखने लगीं। उन्होंने एक बार फिर कहा, "अपने मन को शंका से मुक्त कर जब तुम सारे घटनाचक्र पर विचार करोगी तो कई अनसुलझी गुत्थियाँ स्वयं सरलता से हल भी हो जाएँगी। तुम सदा सुखी रहो।"

निद्रा देवी अंतर्धान हो गई थीं। उनके जाते ही मुझे लगने लगा जैसे कि मेरे भीतर एक शून्य तेजी से व्याप्त होता जा रहा था। पहले तो मुझे कुछ क्षणों तक ऐसा लगा कि जो कुछ मेरे सामने घटित हुआ था, वह कुछ भी वास्तविक न था, बल्कि वह मेरे उद्वेलित मस्तिष्क के द्वारा निर्मित मतिभ्रम मात्र था। काफी लंबे समय तक मैं ऊहापोह की स्थिति से जूझती रही थी। अंत में काफी विचार के पश्चात् मैं इस निष्कर्ष पर पहुँची कि जो कुछ भी मैंने अनुभव किया था, वह एक वास्तविक अनुभव ही था और उसे भ्रम समझना एक बड़ी भारी भूल होगी।

मेरा वह अनुभव कई अर्थों में विशिष्ट था। मुझे एक गर्व की अनुभूति भी होने लगी थी कि मेरे पति को मेरे ऊपर कितना विश्वास था और यह भी कि कितने अधिकार से उन्होंने निद्रा देवी को मेरा नाम सुझाया था। मुझे यह भी समझ में आने लगा था कि पति-पत्नी के संबंधों की व्याख्या को सतही स्तर पर न तो समझा जा सकता था और न ही उसकी व्याख्या की जा सकती थी। न चाहते हुए भी एक पत्नी का भार वहन करते-करते वह भावनाओं की मजबूत जकड़ में बेबस हो जाती है। संबंधों की दुहाई दे-देकर पुरुष उसे भावनाओं की अर्गला में जकड़ लेता है। वे पुरुष विरले होते हैं, जिनको अपनी पत्नी में एक प्रेमिका भी मिल जाती है।

अब प्रतिदिन मैं काफी देर से उठने लगी थी। किसी अन्य को

इसका बोध भी नहीं हो पाया था कि मैं किस प्रकार अपने भीतर की रिक्तता से मुक्त होने का निरंतर प्रयास कर रही थी। सच तो यह है कि विरह की जिस ज्वाला में मैं पल-पल जिस प्रकार अपने को खोती जा रही थी, वह एक चिंता का विषय था। मुझे तनिक भी संदेह नहीं था कि मेरे भीतर चलनेवाली विखंडन की प्रक्रिया एक अर्थहीन संबंध की ओर तेजी से अग्रसर हो रही थी। मैं अपने को चाहकर भी अपने घातक विचारों से अलग नहीं कर पा रही थी। सब से अधिक भय मुझे एकांत के क्षणों में लगता था। सर्वशक्तिशाली होते हुए भी मेरे पति एक स्तर पर पूर्ण निर्बल थे। मेरी पीड़ा का केंद्र था मेरे पति के भीतर व्याप्त गलत निष्ठा। मुझे इसका मुख्य कारण लगता था उनकी बँटी हुई निष्ठा। मेरे विचार से, वे एक प्रेमी और एक पति के रूप में पूर्णता नहीं प्राप्त कर सके। एक नायक के समस्त गुणों से मंडित होने के बावजूद वे सह-नायक से अधिक कुछ न हो सके। अपने भीतर की खीज, उकताहट एवं क्रोध को मैं बलात् अपने नियंत्रण में रखती थी। मेरे भीतर एक मरघट था, जहाँ मेरी अभिलाषाएँ धूँ-धूँ कर जल रही थीं। पति द्वारा वन को प्रस्थान कर जाने के बाद मेरे भीतर की पीड़ा अत्यंत घनीभूत हो चली थी। कौन समझ सकता था मेरी उस पीड़ा को? कौन देख सकता था मेरे भीतर निरंतर पैदा होनेवाले उन तीक्ष्ण पाषाण खंडों को? न जाने क्यों, मुझे अपने चारों ओर का परिवेश संवेदनहीन लगता था। मेरा कोई भी ऐसा मित्र या परिजन नहीं था, जिसके समक्ष मैं अपनी पीड़ा को व्यक्त कर सकती, जिसको मैं अपने गुप्त मनोभावों को संप्रेषित कर सकती। मेरा पति होते हुए भी मेरा पति पूरी तरह मेरा न हो सका। क्या नारी जीवन में इससे बड़ी कोई और विडंबना हो सकती है? मेरे पति की श्रेष्ठता उसकी सेवकाई में दब जाती है। मेरे पति में यह क्षमता ही नहीं थी कि वह मेरे मूक रुदन का सुन पाते। सारे गुणों से विभूषित होते हुए भी उनमें एक संवादहीनता थी—एक ऐसी संवादहीनता, जो किसी व्यक्ति को मानसिक

रूप से पंगु कर देती है। मेरे भीतर विद्यमान नारी अपने को आश्रयहीन मानने लगी थी। न जाने क्यों, भीतर-ही-भीतर मैं एक वैधव्य भाव का भी अनुभव कभी-कभी करने लगी थी। मेरे चारों ओर व्याप्त एकांत ने मुझे भयाक्रांत कर दिया था।

अंधकार बहुत भयानक रूप धारण कर सकता है। यद्यपि रात भर मैं सोती रहती निद्रा देवी की गोद में, परंतु उसके ठीक पूर्व तक मैं एकांत की व्यथा को, पीड़ा को सहन करती रहती थी। वह शायद मेरे भीतर धीरे-धीरे उत्पन्न होनेवाले शून्य का परिणाम ही था। मैं अपनी चेतना को एकांत के क्षणों में टटोलती रहती थी, और मुझे केवल यही लगता था कि नारी के प्रति पुरुष की उदासीनता, अवहेलना अपने पौरुष को सिद्ध करने की चेष्टा ही शायद होती है। अपने सारे आक्रोश के होते हुए भी मैं पति के साहचर्य की कामना करती रहती। नारी जीवन की विडंबना यही है कि वह सारे विरोध के बावजूद प्रेम की ऊष्मा को अनदेखा नहीं कर सकती। हर क्षण वह प्रेम के प्रबल ज्वार में बह जाना चाहती है। विवाह के समय मेरे मन में ऐसी ही कामना थी। अपने विवाह के पश्चात् मैंने हर संभव प्रयास किया था कि मैं एक पूर्ण समर्पित नारी के रूप में अपना जीवन बिताऊँ, पर यह न हो सका। मुझे किंचित् संदेह नहीं है कि मेरे पति में धर्म का अभाव नहीं है। वे पूर्णरूपेण धर्मचेता हैं; परंतु वे पूर्ण समर्पण के वास्तविक अर्थ से नितांत अपरिचित हैं।

...भरतजी के द्वारा राज्य की व्यवस्था सुचारु रूप से चल रही थी। शत्रुघ्न की सहायता से भरत के निर्देशों का पालन भी एक व्यवस्थित रूप से हो रहा था। राज्य की सुरक्षा व्यवस्था और प्रजा के सुख-दुःख एवं शांति पर सबसे अधिक ध्यान दिया जाता था। सबकुछ पहले जैसा ही हो गया था। परंतु फिर भी, जो आनंदमयी वातावरण श्रीराम के होने पर था, वह पूरी तरह नष्ट हो चुका था। राज्य की न्याय व्यवस्था पूरी तरह धर्म एवं निष्पक्षता पर आधारित थी, फिर भी अयोध्यावासियों को लगता

था कि श्रीराम के साथ न्याय नहीं हुआ था। मुझे यह कहने में तनिक भी संकोच नहीं है कि प्रजा के भीतर एक प्रकार की गहरी अन्यमनस्कता घर कर गई थी।

भरत के आदर्श व्यवहार, नैतिक गुणों एवं उनके भ्रातृ प्रेम की विराटता से सब उनकी प्रशंसा करते, पर साथ-ही-साथ प्रजा को बहुत दुःख होता था कि किस प्रकार उनके नए राजा ने अपनी इच्छा से सब सुख-सुविधाओं को त्याग कर एक संन्यासी का-सा जीवन अपना लिया था। वे अपने को किसी प्रकार भी राजा नहीं मानते थे। वे अपने को राम के प्रतिनिधि से अधिक कुछ भी नहीं मानते थे। उनके चरित्र की गरिमा एवं विशालता से सारे वातावरण में एक समृद्ध आध्यात्मिकता का बोध सबको होता रहता था।

मांडवी ने भी पति के निकट रहकर उनकी सारी आवश्यकताओं का भार उठा लिया था। वह भी एक संन्यासिन का-सा जीवन बिताने लगी थी। सेवक एवं सेविकाओं से रहित और समस्त वैभव से वंचित उसके जीवन में फिर भी एक प्रकार की सुखानुभूति थी, वह था पति के सामीप्य का बोध। सीता दीदी, मांडवी और श्रुतकीर्ति को अपने-अपने पतियों का सान्निध्य प्राप्त था। केवल मैं ही एक बिछोह की पीड़ा को झेलने को बाध्य थी। यद्यपि मुझे अपनी बहनों के जीवन एवं सुख से तनिक भी ईर्ष्या नहीं थी, फिर भी मैं अपनी असमर्थता की पीड़ा से पूरी तरह बिखर-सी गई थी। मेरे आसपास के लोगों को मेरे भीतर की पीड़ित नारी का किंचित् भी आभास नहीं था।

...राजमहल की आंतरिक व्यवस्था की देखभाल मेरा दायित्व था। अपनी तीनों माताओं की देखभाल मैं पूरी निष्ठा से करती थी। मेरे व्यवहार की दृढ़ता से किसी को पता नहीं चलता था कि मेरे भीतर विद्यमान गुप्त नारी कितनी दुःखी थी। भीतर-ही-भीतर मैं धूँ-धूँ कर हर पल विरह की ज्वाला में जल रही थी। कैसी आत्म-प्रवंचना थी वह ? पर ऐसा नहीं था

कि किसी को मेरे भीतर चलनेवाले उस चक्रवात की जानकारी नहीं थी।

मेरी विशेष परिचारिकाएँ चंद्रमणि और प्रभावती को इसका पूरा बोध था। उनका मुझसे असीम लगाव था। वे अपनी ओर से पूरा प्रयास करतीं कि वे मेरा मन बहला सकें। वे मेरे दुःख से दुःखी रहती थीं।

ऋतुएँ बीतती थीं अपने क्रम से ही। अपने एकांत के क्षणों की पीड़ा को मैं किसी के समक्ष प्रदर्शित कभी भी नहीं करती थी। वर्षा ऋतु में बरसनेवाला पानी मुझे आर्द्रता प्रदान करने के स्थान पर दग्ध कर देता। आकाश में गर्जना करनेवाले स्याह मेघ केवल मेरी एकांत की पीड़ा को बढ़ा देते थे। रह-रहकर कौंधनेवाली दामिनी मेरे भीतर एक अज्ञात शंका एवं अवसाद ही उत्पन्न करती थी। तारों से खचाखच भरा ग्रीष्मकालीन व्योम केवल मेरे भीतर व्याप्त उस महाशून्य को विस्तार ही देता था। पुष्पों पर विराजमान शरद् ऋतु के ओस कण मुझे किसी प्रकार की आर्द्रता नहीं प्रदान कर पाते। कहाँ रह गई थी उस तुषारिका में वह प्रभावशीलता, जो मेरे मन के ताप, मेरे विरह की अग्नि का शमन कर देती? मेरा संपूर्ण व्यक्तित्व ही कलुषित हो गया था। मुझे लगने लगा था जैसे मेरे चारों ओर एक मिथ्या जगत् उत्पन्न हो गया था और मैं उसमें रहने के लिए बाध्य कर दी गई थी। प्रकृति के असीम सौंदर्य एवं मधुर ध्वनियों—संगीत को देखने, समझने और आत्मसात् करने की मेरी क्षमता विलीन-सी हो गई थी। अब मुझे कोयल का मीठा स्वर भी दादुरों के समवेत कर्कश टरटराहट से अधिक कुछ नहीं लगता था। आकाश में उड़ने वाले भाँति-भाँति के सुंदर पक्षी मुझे गादुरों के एक भयानक झुंड मात्र लगने लगे थे। मेरा मन और मस्तिष्क, यहाँ तक कि मेरा समस्त शरीर, मुझे लगता था कि जैसे मेरे भीतर पूरी तरह बस चुकी अकुलाहट के बंदी बन चुके थे। एक अरुचि-सी मेरे जीवन का भाग बन चुकी थी।

···कभी-कभी एकांत के क्षणों में मुझे लगता जैसे मेरा विरही मन व्यथा के बढ़ते हुए बोझ से खंडित हो बिखर जाएगा। असहाय और

अव्यक्त क्रोध की विध्वंसकारी प्रक्रिया को तिरस्कृत जीवन जीनेवाली नारी के अलावा कौन समझ सकता है संसार में? मैं एक महान् प्रतापी नरेश की पुत्री थी और एक अत्यंत प्रभावशाली राज्य के राजकुमार की भार्या थी; पर फिर भी मेरा जीवन किसी परिचारिका से भी हीन रहा है। क्या समझता है पुरुष नारी को? क्या वह अहर्निश उसे अपने पौरुष के बल पर अपने अधिकार में रखने की कामना नहीं करता है? कभी-कभी तो मुझे लगता कि पुरुष की दृष्टि बहुत संकुचित होती है और उसकी सोच का दायरा बहुत संकीर्ण होता है। नारी को उसका अधिकार एवं ऊँचा स्थान प्रदान करने को वह अपनी गरिमा के अनुकूल नहीं पाता है। न जाने क्यों, नारी को बराबर का स्थान देने में पुरुष अनिच्छुक रहता है! कहीं यह मन में दबे हुए किसी अज्ञात भय का संकेत तो नहीं? क्या कारण है कि नारी को पत्नी बनने में संपर्क का सुख तो मिल जाता है, पर वह पूर्ण मिलन के सुख से वंचित ही रह जाती है? क्या यह समाज नारी को त्याग की मूर्ति बनाकर उसको पंगु नहीं बना देता? सच तो यह है कि कोई भी पुरुष नारी के मन के आर्तनाद को नहीं समझता है या जानबूझकर उसे अनदेखा करता है।

मुझे अकसर लगता है कि पुरुष में एक नैसर्गिक क्लीवता विद्यमान रहती है। उसके भय के मूल में छिपी रहनेवाली हीन भावना बार-बार उसे प्रेरित करती है कि वह नारी के वर्चस्व को नकार दे। नारी दिन में उसके लिए मात्र एक परिचारिका और रात्रि में एक साथ शयन करनेवाली मनोरंजन का साधन है। अपने शयन की रंभा को वह मुक्त भाव से देख ही नहीं सकता। प्रेम की दहलीज में मैं केवल एक याचिका मात्र ही तो रही हूँ। मुझे अब पूरी तरह स्पष्ट हो गया है कि याचना से प्राप्त प्रेम और साहचर्य तुष्टि नहीं प्रदान कर सकते हैं। अब मुझे किंचित् भी संदेह नहीं रह गया है कि नारी को पुरुष विलास की सामग्री मात्र ही मानता है, इससे अधिक कुछ भी नहीं।

आज इन विरह के क्षणों में पुरुष के जीवन में नारी का क्या स्थान है, इसे भलीभाँति समझ चुकी हूँ। निस्संदेह वह उसे अपने वंश को बढ़ानेवाले साधन के रूप में ही देखता है। यदि नारी पुरुष की कामना का त्याग कर दे तो वह निश्चित रूप से एक गरिमा एवं शक्ति प्राप्त कर लेगी। समाज की सड़ी–गली मान्यताओं को नकारकर ही नारी अपने सही स्थान और रूप को पहचान सकेगी, यह मेरा विचार है। अपने भीतर की कौशिकी को पहचानकर और उसे विस्तार देकर ही नारी पूर्ण मुक्ति का आनंद इस पुरुष–प्रधान समाज में उठा सकेगी।

एकांत के निष्ठुर क्षणों में जब कभी मेरा मन अत्यंत विचलित एवं उद्वेलित हो जाता तो चंद्रमणि और प्रभावती मेरी देखभाल करती थीं। मेरे बार–बार मना करने पर भी वे मेरा साथ न छोड़तीं। मेरे रोष का उन पर तनिक भी प्रभाव नहीं पड़ता। मन–ही–मन वे मेरी आज्ञा को अनदेखा करना बहुत पसंद भी करती थीं। सच कहूँ तो उनकी उपस्थिति से मुझे एक सुरक्षा का बोध होता था।

"चंद्रमणि और प्रभावती, अब तुम जाकर विश्राम करो। मुझे एकांत चाहिए।"

"नहीं, हम आपको इस प्रकार छोड़कर नहीं जा सकतीं, राजकुमारीजी।" चंद्रमणि ने कहा।

"आपके कष्ट से हम भी पीड़ा का अनुभव करते हैं, राजकुमारीजी।" प्रभावती ने मंद स्वर में कहा।

"तो तुम दोनों मेरे आदेश का पालन नहीं करोगी?" मैंने कृत्रिम क्रोध से पूछा।

"करेंगी! पर आपको अपने शयन कक्ष में लौटना पड़ेगा। आप बहुत थक गई हैं और आप को विश्राम की आवश्यकता है।" दोनों ने समवेत स्वर में कहा।

उन दोनों की ओर देखते हुए मैंने कहा, "मेरे इस रिक्त, रीते जीवन

को विश्राम कहाँ?" वे दोनों मौन हो मेरी ओर देखने लगीं। मैंने फिर कहा, "देख रही हो आज तुम पूर्णिमा के उस चाँद को। देखो, उसका सौंदर्य कितना मिथ्या एवं भ्रमित करनेवाला है! उसके मध्य की कालिमा बिछोह से जल चुकी किसी नारी की तरह लग रही है। उसकी सारी कांति संदेहात्मक है।"

"आप भीतर चलें, राजकुमारीजी।" चंद्रमणि ने मेरा हाथ पकड़ते हुए कहा।

"नहीं चंद्रमणि, आज मुझे शयन कक्ष में ले जाने का प्रयास न कर। आज मैं यहीं पर इस कठोर भूमि पर लेट जाती हूँ। अपने हृदय में फैले गहरे ध्वंत से मैं संपूर्ण चराचर के प्रकाश को धूमिल कर दूँगी। प्रेम की प्रशंसा में रचित सारे ग्रंथों का उद्गम स्थान एक कपोल-कल्पित कल्पना मात्र है। उर्मिला को मूक करने की कुचेष्टा कभी भी सफल नहीं हो सकती है।" और फिर कुछ क्षणों के लिए मैं चुप हो गई। मैं कुछ सोचने लगी। चारों ओर व्याप्त निस्तब्धता मेरे भीतर की रिक्तता को और बढ़ा रही थी। फिर उस लंबे अंतराल को तोड़ते हुए मैंने कहा, "मेरे जीवन का अंधकार सदा के लिए मेरे मन में अब बस गया है। अब दुनिया की कोई शक्ति मुझे इससे मुक्त नहीं करा सकती।" वे दोनों मेरे शब्दों के मर्म को समझने का असफल प्रयास कर रही थीं। अपने में खोए हुए मैं कहने लगी, "बार-बार की अवहेलना से ग्रस्त होकर नारी का कोमल मन ठिठुर कर भावना-विहीन हो जाता है। उसमें एक प्रकार की जड़ता आ जाती है। उसका शरीर जीवित रहता है, पर उसकी आत्मा मर जाती है। यदि इस मरी हुई आत्मा पर विजय प्राप्त करके ही पुरुष को विजय-भाव का बोध होता है तो यह उसकी समझ का फेर है।"

"अब आप अपने शयन कक्ष में चलें।" चंद्रमणि और प्रभावती ने उर्मिला को भीतर चलने का अनुरोध किया।

"चलो, तुम ठीक कह रही हो। मुझे ज्ञात है कि तुम दोनों मुझसे अत्यधिक प्रेम करती हो।"

मेरे विशाल शयनागार में व्याप्त शून्यता बहुत डरावनी लग रही थी।

"चलिए, मैं आपको आपकी शय्या पर लेटने में सहायता करती हूँ।" चंद्रमणि ने अत्यंत कोमल स्वर में कहा।

प्रभावती एक पात्र में जल ले आई और बोली, "आप इस जल को पी लें।"

जल ग्रहण करने के पश्चात् मैंने चंद्रमणि व प्रभावती को विश्राम करने के लिए भेज दिया। यह मेरी प्रति दिन की समय-सारिणी थी। दिन भर की निरर्थक व्यस्तता के बाद पूरी तरह क्लांत होकर मैं निद्रा देवी की गोद में समा जाती थी।

...कई बार मैं अनायास उठकर बैठ भी जाती थी। मुझे कई बार मतिभ्रम भी हो जाता था। न जाने मुझे क्यों ऐसा प्रतीत होता कि मेरे स्वामी मेरे उस पर्यंक में लेटे हुए हैं। मैं उनके स्पर्श का अनुभव भी करती थी; परंतु यह सब एक अर्धचेतन अवस्था का अनुभव होता था। पूर्ण संज्ञान होने पर वह धूम्र की तरह तिरोहित हो जाता था। मेरा यह अनुभव निश्चित ही मेरी मानसिक व्यथा को प्रतिबिंबित करने के लिए पर्याप्त था। किसे चिंता थी मेरे विरही मन को सांत्वना देने की? सब अपने-अपने दुःखों के पहाड़ लेकर चल रहे थे। सबको अपने-अपने कष्ट अधिकतम पीड़ादायक लग रहे थे। मैं अपने दुःख, अपनी पीड़ा का बोझ स्वयं ढोना चाहती थी।

...मेरे स्वामी ने अपने हितों को दूसरों के लिए उत्सर्ग कर देने में ही अपने जीवन का परम लक्ष्य मान लिया था। कारण कुछ भी हो, पर यह मेरा प्रारब्ध था कि मेरे स्वामी अपनी पत्नी को उसका अधिकार देने में कृपण रहे। वे स्वयं मुक्त नहीं थे, इसी कारण मैं भी बंधन-मुक्त न रह सकी।

...घटनाक्रम तेजी से बदला था। लंका के राजा रावण ने सीता दीदी का अपहरण कर लिया था और लंका ले चला था। मेरे ज्येष्ठ श्रीराम ने

मेरे पति लक्ष्मण और वानरों की सेना के साथ लंका पर आक्रमण कर दिया था। रावण के पुत्र महाबली मेघनाद ने शक्ति का प्रहार कर मेरे पति को घायल कर दिया था। तब महाबली हनुमान ने संजीवनी बूटी लाकर उनके प्राणों की रक्षा की थी। मार्ग में जब वे पूरे पर्वत को लेकर अयोध्या के ऊपर से आकाश मार्ग से जा रहे थे, तब भरतजी ने उन्हें राक्षस समझकर उन पर प्रहार कर दिया। अचेत होकर गिरने पर हनुमानजी अपने स्वामी श्रीराम के नाम का उच्चारण करने लगे। चेतना लौटने पर उन्होंने सारी घटना का विवरण भरत को दिया। अंततोगत्वा रावण का वध कर श्रीराम सीता दीदी, मेरे स्वामी तथा अपने अन्य साथियों के साथ अयोध्या लौट आए।

अयोध्या में उल्लास का वातावरण अपने चरम पर पहुँच गया था। समस्त प्रजा हर्ष से भर गई थी। भरत एवं मांडवी भी राजमहल में वापस लौट आए थे। भरत और लक्ष्मण के त्याग एवं भ्रातृ-प्रेम की महानता को सब नमन कर रहे थे। श्रीराम के राज्याभिषेक का आयोजन बड़े जोर-शोर से किया जा रहा था।

मैं भी अपने पति के वापस आ जाने से बहुत प्रसन्न थी। परंतु आनंद के उन क्षणों के होते हुए भी मेरे मन में, आत्मा में गहराई से समाया हुआ अवसाद मिट नहीं रहा था। अपने सारे प्रयास के बावजूद मैं उस गुप्त पीड़ा से अपने को मुक्त नहीं कर पा रही थी। मेरे मन की कालिमा मेरे भीतर निहित उच्चाटन का मूल बिंदु थी।

···अपने पति से उस रात्रि के संवाद में मैंने अपने मन की व्यथा को पूरी तरह उड़ेल दिया था। कुछ क्षणों के लिए वे हतप्रभ रह गए थे। चौदह वर्ष के कठोर जीवन का प्रभाव उनके ऊपर स्पष्ट रूप से दृष्टिगोचर हो रहा था।

"उर्मिला, क्या तुम्हें मेरे आने से प्रसन्नता नहीं हो रही है?" उन्होंने मुझसे पूछा था।

उनके शब्दों से मुझे गहरा आघात पहुँचा। मैंने तब कहा, "स्वामी, आपके मन में ऐसा विचार भी कैसे आ गया?" फिर कुछ क्षण मौन रहने के बाद मैंने कहा, "पति नारी का आभूषण है, उसका गौरव है; परंतु···"

"परंतु क्या, उर्मिला?"

"पति में भी समर्पण का भाव होना आवश्यक है।"

"लगता है, तुम मुझसे बहुत रुष्ट हो, प्रिये!"

"मेरे रुष्ट होने या न होने से क्या प्रभाव पड़ता है आप पर?"

"ऐसा न कहो, उर्मिला! इससे मुझे दुःख पहुँचता है।"

"आपको किसी प्रकार का दुःख पहुँचाना मेरे लिए पाप है। मैं आपकी अनुगामिनी हूँ। यही मेरा संस्कार है। पर अपने भीतर समाई उदासी से मैं मुक्त नहीं हो पा रही हूँ। किंतु फिर भी, उसी जीवन-प्रणाली को अपनाऊँगी, जो आपको ठीक लगेगी।"

"क्या तुम्हें अपना जीवन रस-विहीन लगता है?"

"आपकी समीपता मुझे प्रसन्न करती है।"

"उर्मिला!"

"स्वामी!"

"विगत में जो कुछ भी हुआ है, उसे भूलकर हम जीवन में एक नए आयाम को स्थापित करेंगे।" मेरे स्वामी ने कहा।

"यह अब संभव नहीं है, स्वामी।"

"क्यों नहीं है?"

"बीते हुए समय ने मेरी सारी मनोवृत्ति को बदल दिया है।"

"क्या कहना चाहती हो तुम?"

"बहुत सरल है।"

"स्पष्ट करो।"

"समय के प्रभाव से संबंध भी मुक्त नहीं है।"

"पहेलियाँ मत बुझाओ।"

"समझने का प्रयास करें।"

"मैं बहुत गूढ़ भाषा को समझने में सक्षम नहीं हूँ।"

मैं हँसने लगी।

"अब हँस क्यों रही हो?"

"एक नारी से कभी भी पूर्ण स्पष्टवादिता की अपेक्षा न करें।"

"तुम से भी नहीं?"

"नहीं।"

"कारण?"

"एक नारी कभी भी अपने मूल स्वभाव के विरुद्ध कार्य नहीं कर सकती।"

"क्या है उसका मूल स्वभाव, उसकी मूल प्रवृत्ति?" उन्होंने कुछ उपहासपूर्ण स्वर में पूछा।

"आप नहीं समझेंगे!"

"प्रयास तो कर सकता हूँ।"

"पूरी निष्ठा से समझने का प्रयास करें।"

"वचन देता हूँ, विश्वास करो।"

"एक अधूरा जीवन नारी के लिए कष्टदायक होता है।"

"अधूरा जीवन! वह कैसे?"

"उसमें स्वामित्व की भावना कूट-कूटकर भरी होती है। इस भावना का अतिक्रमण उसे ग्राह्य नहीं। कदापि नहीं, और यदि ऐसा होता है, किसी भी कारण से, तो वह हीन भावना से ग्रस्त हो जाती है, अपमानित महसूस करती है। उसे लगता है, जैसे कि उसका गौरव नष्ट हो गया है।" मैंने उत्तेजित स्वर में कहा।

उन क्षणों वे भावनाओं के प्रबल प्रवाह में बहने लगे। अपने बाहुपाश में मुझे लेते हुए उन्होंने रुँधे हुए कंठ से कहा, "उर्मिला, मैं तुम्हारा अपराधी हूँ। मुझे क्षमा कर दो। आज से मैं पूरी तरह तुम्हारा ही होकर रहूँगा।"

उनके कथन से मेरा कंठ भी रुँध गया था। मैं उनके सिर को कोमलता से सहलाती हुई बोली, "स्वामी, अपना धैर्य न खोएँ और न ही किसी प्रकार के अपराध-बोध से त्रस्त हों। उर्मिला आपकी थी, है और रहेगी। पर भाग्य की विडंबना के सामने हम सब अक्षम हैं, निर्बल हैं, असमर्थ हैं।"

"उर्मिला, मुझे मार्ग दिखाओ।"

"मार्ग स्पष्ट है, स्वामी।"

"मुझे नहीं है।"

"हो जाएगा।"

"फिर भी।"

"दुःखी तो नहीं होएँगे?"

"सत्य पति-पत्नी के संबंध का आधार है।" उन्होंने गंभीर स्वर में कहा।

"सत्य सुख देते हुए मार्ग भी प्रशस्त करता है।"

"कर दो सत्य का अनावरण, मेरी प्रिये। लक्ष्मण उसे स्वीकार कर लेगा।"

उनकी मनोदशा देखकर मैं व्याकुल हो गई थी। उन क्षणों में मेरे शयन कक्ष का वह विशाल पर्यंक एक मरुभूमि से अधिक कुछ नहीं लग रहा था। अपनी द्रवित हो चुकी मनःभावनाओं को नियंत्रित कर मैंने अत्यंत स्नेहिल शब्दों में कहा, "स्वामी, व्याकुल न हों। काल की श्रेष्ठता को हमें स्वीकार करना ही पड़ता है।"

"अपने मंतव्य को स्पष्ट करो, प्रिये।"

"आज आपसे कुछ भी नहीं छुपाऊँगी।"

"स्पष्ट करो।"

"मैं अब वह उर्मिला नहीं हूँ, जो विवाह के समय उमंगों से भरी थी, जो एक प्रबल प्रेमाकांक्षी थी, स्वामी। मैं आपको दोष नहीं दे रही हूँ, पर

उस कालखंड में आप उसकी आकांक्षाओं के प्रति पूर्णरूपेण संवेदनहीन रहे और फिर जब आपने निष्ठुरतापूर्वक उसकी अवहेलना कर वन का मार्ग चुना तो उसके भीतर की कोमल, प्रेममयी प्रेमिका-पत्नी ठिठुरकर एक हिमखंड बन गई। आज मेरे भीतर आप हरियाली को ढूँढ़ने का प्रयास न करें। वह अपमान की तपिश में कब की सूख चुकी है! मैं अब एक खँडहर मात्र हूँ। आज मैं आपको वह उर्मिला नहीं दे सकती, पर यह वचन देती हूँ कि आपको एक संपूर्ण निष्ठावान् पत्नी अवश्य मिलेगी।"

"उर्मिला!" उनका कंठ पूरी तरह रुँध गया।

फिर मैं कहने लगी, "आज मैं किसी प्रकार चाहकर भी एक प्रेमिका का अभिनय नहीं कर सकती। किंतु मैं एक आदर्श पत्नी का दायित्व पूरी तरह निभाऊँगी। मैं आपके बीज का अपने गर्भ में धारण कर आपके वंश को आगे बढ़ाऊँगी। हर प्रकार से मेरा सहयोग आपको मिलेगा। मुझसे इससे अधिक की चाहना आप भी मन में न रखें। यह धर्म के विरुद्ध होगा। विरह और अनचाहे विछोह की अग्नि में पिघलकर उर्मिला अब शुद्ध स्वर्ण में परिवर्तित, रूपांतरित हो गई है और अपने नए दायित्व को ग्रहण करने के लिए, उठाने के लिए पूर्णरूपेण तत्पर भी है।"

वे आश्चर्यचकित हो आदर भाव से मेरी ओर देखने लगे।

□

खंड-तीन

विवाह : एक अनुकूलन ?

मैं बाल्यकाल से ही कल्पनाशील रही थी। न जाने क्यों, मुझमें अपने आसपास के परिवेश का गहराई से अवलोकन करने की प्रवृत्ति थी। मेरी इस प्रवृत्ति के कारण कभी-कभी अन्य लोग मेरे ऊपर उपहासपूर्ण कटाक्ष भी करते थे। पर मैं किसी प्रकार के आक्रोश का अनुभव नहीं करती थी।

प्रकृति के विभिन्न पदार्थों एवं स्वरूपों में मुझे कुछ-न-कुछ मौलिकता दृष्टिगोचर होती थी। आकाश में तेजी से उड़नेवाले मेघों को निहारते रहने का मुझे बहुत शौक था। अपने इस कार्य से मैं कभी थकती नहीं थी और न ही मुझे इसमें कोई उकताहट महसूस होती थी। मेरा यह शौक मेरे विवाह के बाद भी ज्यों-का-त्यों बना रहा था।

"उर्मिला, तुम एकांत में बैठकर एकटक आसमान को क्यों निहारती रहती हो?" एक दिन मांडवी ने मुझसे पूछ लिया था।

"किंचित् सामने बादलों को तो देखो, मांडवी! कितने सुंदर लग रहे हैं वे! कितनी विचित्र आकृतियाँ दिखाई दे रही हैं उनमें!"

"नहीं, तुम्हीं देखो।" उसने कहा।

"क्या तुम्हें कुछ नहीं दिखाई दे रहा उन बादलों में?" मैंने उत्सुकता से पूछा।

उन क्षणों मांडवी के चेहरे पर विचित्र सी हँसी उभर आई—"नहीं, मुझे कुछ भी नहीं दिख रहा है वहाँ। शायद मेरे भीतर तुम्हारी जैसी कल्पनाशीलता का अभाव है।"

जब मैं उसकी ओर देखने लगी तो वह चुपचाप उठकर वहाँ से चली गई। मुझे न जाने क्यों, ऐसा प्रतीत होने लगा उन क्षणों में कि जैसे मैं सारे संसार का एकांत भोगने के लिए ही बनी हुई थी।

मेरे पति अपने अग्रज और भाभी के साथ वन को प्रस्थान कर चुके थे। मुझे लगता, जैसे सबने यह मान लिया था कि उस विराट् एकांत को भोगना मेरा प्रारब्ध था। यह भी सच है कि उस सन्नाटे को भोगते-भोगते मेरे मन में एक व्यापक परिवर्तन आ गया था। अब मुझे अपने भीतर और बाहर का एकांत पीड़ादायक नहीं लगता था। अब मैं पूरी तरह उस मानसिक परिवर्तन को झेलने में सक्षम थी। पर कभी-कभी ऐसे क्षण भी आते थे, जब मैं एक गहरे अवसाद में डूब जाती थी। यही नहीं, मुझे यह भी लगता था उन क्षणों में कि जैसे मैं एक मतिभ्रम की स्थिति में भी फँसती जा रही थी।

…बरसात के दिन थे। रात्रि का समय था। आकाश में बादल चारों तरफ तेजी से उड़ रहे थे। उजियारी रात के दिन थे। आकाश में पूर्ण चंद्र कभी-कभी अपनी पूरी गरिमा से दृष्टिगोचर हो रहा था और कभी-कभी आकाश में उड़नेवाले बादल उसे ढक लेते थे। मैं उसे महल के एकांत कोने में खड़े हो निहार रही थी। रात्रि धीरे-धीरे और गहरी हो चली थी। एक अत्यंत मनोहारी दृश्य था वह।

मैं अपने खयालों में पूरी तरह खोई हुई थी, तभी अचानक मैंने देखा कि एक बहुत विशाल बादल का टुकड़ा सहसा तैरता हुआ आसमान के विराट् फलक पर छा गया था। उसने चंद्रमा को पूरी तरह से ढक लिया था। उसके स्याह परिधान के पीछे से चंद्रदेव अपने को निरंतर मुक्त करने का-सा प्रयास कर रहे थे। उनके प्रकाश की ऊर्जा से बादल के उस टुकड़े की कालिमा भी कुछ हलकी सी होती लग रही थी। तभी मैं चौंक गई। मुझे ऐसा लगने लगा जैसे कि वह बादल का टुकड़ा न होकर एक मानव आकृति थी।

पहले तो कुछ क्षणों तक वह मुझे केवल मतिभ्रम मात्र लगा था। मुझे तब लगा था कि जैसे वह केवल मेरे उद्वेलित कल्पना की उपज मात्र ही थी; पर दूसरे ही क्षण मुझे ऐसा लगा जैसे कि बादल का वह टुकड़ा एक विराट् मानव आकृति ही था। फिर धीरे-धीरे वह आकृति और स्पष्ट होती चली गई। उसके शीश में एक रत्न-जटित मुकुट था। फिर मैंने देखा कि उस मुकुट में शेष बने हैं।

"स्वामी, आप यहाँ क्या कर रहे हैं? वह भी इस रूप में?" मैंने बहुत उल्लासपूर्ण स्वर में भाव-विभोर हो पूछा।

"चलो, तुमने मुझे पहचान तो लिया।" उन्होंने परिहास किया।

"आप यहाँ, इस समय, इस रूप में?"

"क्या तुम्हें मेरा आना अच्छा नहीं लग रहा है?"

"अच्छा लग रहा है, बहुत अच्छा लग रहा है।"

"तो फिर यह उदासी क्यों है तुम्हारे चेहरे पर?"

मैंने कहा, "धड़कनें गूँजती हैं सीने में, इतने सुनसान हो गए हैं हम।"

वे मेरी ओर देखने लगे तो मैंने कटाक्ष करते हुए कहा, "पर आप कैसे समझेंगे नारी मन की वेदना को!"

उनके स्वर में पीड़ा का संकेत था, जब वे कहने लगे, "तनिक मेरी आँखों में झाँककर देखो, उर्मिला। हाँ, मेरे होंठ चुप हैं, पर मेरी पीड़ा को कम मत समझना। सत्य तो यह है कि तुमसे दूर रहते हुए भी मैं हर क्षण तुम्हारे निकट विद्यमान हूँ।"

मैंने कहा, "मैं आपकी विवशता को समझती हूँ, स्वामी। सच तो यह है कि आप परिस्थितियों के बंदी हैं और मैं समझौते की।"

वे मुझे देखने लगे और फिर कुछ क्षण मौन रहने के पश्चात् बोले, "प्रिये, तुम मुझे संदेह की दृष्टि से मत देखो। मैं तुम्हारा था, हूँ और रहूँगा भी। तुम दुःखी मत होओ।" मैं हँसने लगी। "हँस क्यों रही हो तुम?"

"आपने अभी-अभी कहा कि दुःखी मत होओ।"

"इसमें हँसने का क्या कारण है?"

"सच कहूँ?"

"कहो।"

मैंने कहा, "दुःख तो इस बात का है कि अब किसी बात से दुःख नहीं होता।" कुछ क्षणों के मौन के पश्चात् मैंने कुछ सोचते हुए कहा, "मैं किसी काम की नहीं हूँ, नहीं तो आप बार-बार यहाँ किसी काम से अवश्य आते।"

मेरे कथन से व्याकुल हो वे भावावेश में बोले, "जानती हो, मैं यहाँ इस समय क्यों आया हूँ?"

"आप बताएँ कि क्यों आए हैं इस समय आप यहाँ?"

"मैं रात्रि को यहाँ इसलिए आता हूँ, क्योंकि तुम्हें चंद्रमा पसंद है।"

मैंने कहा, "स्वामी, मैं तो हमेशा आपसे जुड़ी हुई हूँ। मैं अपने स्वप्नों में अनुभव किए क्षणों को बहुत प्रेम करती हूँ, क्योंकि उनमें ही सही, मैं आपका साहचर्य तो प्राप्त कर लेती हूँ।"

"अब मैं चलता हूँ, उर्मिला!"

"कहाँ?"

"मैं सेवक हूँ और मैं अपने धर्म की अनदेखी नहीं कर सकता।"

"कुछ क्षणों के लिए मेरे समीप नहीं आ सकते हैं?"

"आ सकता हूँ।"

"ठीक है, आइए।"

वे नीचे आ गए।

"अब ठीक है?" उन्होंने पूछा।

"बहुत अच्छा लग रहा है। यहीं रुक जाएँ।"

"यह संभव नहीं है।"

"क्यों नहीं है?" मैंने पूछा।

उन्होंने मुझे अपने बाहुपाश में लेते हुए कहा, "उर्मिला, तुम्हारे सारे प्रश्नों का उत्तर देने में मैं सक्षम नहीं हूँ।"

"आपको सारे प्रश्न और उनके उत्तर मालूम हैं, फिर भी आप उनको अनदेखा कर रहे हैं।"

"तुम्हारा कुपित मन सत्य को नहीं स्वीकार कर रहा है, प्रिये!"

उनकी बात को सुनकर मेरा मन भारी हो गया और जब वे मेरी ओर देखने लगे तो मैंने कहा, "मैं कुपित नहीं हूँ, दुःखी हूँ।" उन्होंने मेरे हाथों को थाम लिया था। उनके नेत्रों में मैंने उन क्षणों में एक मूक याचना देखी थी। मैं मंद स्वर में बोल पड़ी, "देखिए, यह पीड़ा का कैसा मौसम है! आप की इस मधुर छाँव में भी मुझे ऐसा प्रतीत हो रहा है जैसे मैं जल रही हूँ।"

"तुम्हें क्या हो गया है, उर्मिला? मुझे एक अपराध बोध-सा हो रहा है।" उन्होंने दुःखी स्वर में कहा।

न जाने क्या हो गया था मुझे तब! अपने ही विचारों में डूबी हुई मैंने कहा, "मुझे अपनी पीड़ा का, विपन्नता का अर्थ समझ में आ गया है।"

"क्या है इसका मर्म, प्रिये! मुझे भी बताओ?"

मेरे चेहरे पर शायद कोई अजीब सी विद्रूप मुसकराहट आ गई थी। उनकी ओर ध्यान से देखते हुए मैंने कहा, "जो मैं कहने जा रही हूँ, वह परम सत्य है, और आप किसी भी प्रकार से उसे अनुचित सिद्ध नहीं कर सकेंगे तथा न ही कुछ और कह पाएँगे।"

"अब कह भी दो उसे, जो तुम्हारे मन में है और कदाचित् तुम्हारी पीड़ा का मुख्य कारण भी है।" उन्होंने अनुरोधपूर्ण स्वर में निवेदन किया।

"कह दूँ?"

"कह दो।"

"यह सब हमारे होने के कारण है।"

"मुझे समझ में नहीं आया?"

इस पर मैंने पूर्ण शांत स्वर में कहा, "प्राणनाथ, न आप होते और न हम इस प्रकार व्याकुल हो रोते।"

वे एकदम चुप हो गए। फिर एक लंबे अंतराल के बाद वे बोले, "शायद मेरी विवशता मुझे अपने दायित्व से दूर कर रही है।"

"पत्नी के प्रति दायित्व का पालन पति का पहला कर्तव्य होना चाहिए।" मैंने कुछ उच्च स्वर में कहा।

मैं कुछ और कहती, इसके पूर्व ही वे बोल पड़े, "अच्छा, तो मैं चलता हूँ, उर्मिला!"

"नहीं, अभी कुछ और क्षण रुकें मेरे पास। आपकी उपस्थिति मात्र से मैं पुनर्जीवित हो जाती हूँ, स्वामी।"

"प्रिये, तुम्हें पूरी तरह वस्तुनिष्ठ होकर अपने संबंधों, परिस्थितियों एवं अपने जीवन का आकलन करना पड़ेगा और तभी तुम अपने जीवन की इस जटिल विडंबना से मुक्त हो पाओगी। अभी मैं जा रहा हूँ। मुझे किसी भी प्रकार रोकने का प्रयास न करो।"

कुछ क्षणों के लिए मैं हक्की-बक्की रह गई थी। मेरे देखते-देखते मेरे स्वामी एक विशाल बादल के रूप में फिर आसमान में स्थापित हो गए थे। मेरी संपूर्ण चेतना कुछ समय के लिए जड़ हो गई थी। मुझे लगा कि शायद मेरे भीतर की पीड़ा ने मेरी आवाज छीन ली थी। यद्यपि मेरे स्वामी वहाँ से चले गए थे, फिर भी उनके कोमल स्पर्श की अनुभूति मुझे निरंतर हो रही थी। मुझे लगा जैसे कि वे मुझे वहाँ से देख रहे थे। मुझे एक बार फिर उस बादल में अपने स्वामी का मुकुट स्पष्ट दिखने लगा था। सहसा न जाने क्यों, मुझे क्रोध का अनुभव होने लगा था। मेरी कोमल भावनाएँ तिरोहित हो गई थीं उन क्षणों में।

"आपको मेरे पास आने की क्या आवश्यकता थी? क्यों खेलते रहते हैं आप सदैव मेरी कोमल भावनाओं से? क्या आपको यह नहीं ज्ञात है कि पति की अनुपस्थिति में पत्नी किस प्रकार टूट जाती है!" मैं कुछ

क्षणों के लिए मौन हो गई और फिर बहुत तीव्र आवेश में कहने लगी, "न जाने क्यों, पुरुष स्त्री को एक खिलौना मात्र मान लेता है? नारी के मूक रुदन एवं वेदना की गहराई से उत्पन्न ध्वनि पुरुष के बहरे कानों को नहीं सुनाई देती है। क्या बार-बार टूटते रहना ही एक नारी के जीवन की नियति है? कितनी निष्ठुरता से पुरुष उसको लूटता रहता है, जैसे कि वह कोई पदार्थ मात्र हो। सच तो यह है कि नारी मात्र एक प्रवंचना भर है, इससे अधिक कुछ भी नहीं। उसे हर किसी को अपनी हर साँस का हिसाब देना पड़ता है। जीवित होते हुए भी वह मृत है, केवल एक शव मात्र है। एक दीन-हीन जीवन होते हुए भी लोग उस पर बलात् गरिमा का झूठा बोझ एवं दायित्व निर्दयता से थोप देते हैं।"

मुझे पूरा विश्वास है कि वे मेरी बातों को सुन रहे थे। फिर मैंने देखा कि अचानक वह बादल का टुकड़ा वहाँ से गायब हो गया था और पूर्णिमा का चाँद अपनी पूरी गरिमा एवं सौंदर्य से उदय हो गया। उसके धवल प्रकाश में सबकुछ बहुत सुंदर लग रहा था; पर इससे मुझे केवल एक रिक्तता और वेदना ही प्राप्त हुई। मुझे लगा जैसे कि वह चाँदनी मेरी त्वचा को जला रही थी। फिर सहसा मुझे एक झटका सा लगा और मैं नींद के आगोश में समा गई।

···अपने पति से अपने संबंध को लेकर मैं पूरी तरह आश्वस्त थी। मुझे लेशमात्र भी संदेह नहीं था अपने प्रति उनके प्रेम और निष्ठा को लेकर। परंतु मुझे अच्छी तरह यह भी समझ में आ गया था कि वे अपने अथाह प्रेम को प्रभावशाली ढंग से व्यक्त करने में कुशल नहीं थे। मुझे उनकी इस कमी का अच्छी तरह भान था। मेरे विचार से, वे एक निष्ठावान् प्रेमी तो बन सके, पर एक आदर्श पति वे कभी भी न बन सके।

"उर्मिला, मैं तुम्हारे ऊपर एक बहुत बड़ा दायित्व छोड़कर जा रहा हूँ।" उन्होंने वन को प्रस्थान करने से पूर्व मुझसे कहा था।

"क्या चाहते हैं आप मुझसे?"

"तुम्हें हर किसी की देखभाल करनी होगी। करोगी न?"

"करूँगी, पर यह शंका क्यों?"

"किंचित् भी शंका नहीं है।"

"फिर यह निर्देश किसलिए?"

"अपने लिए।"

"अपने लिए! कैसे?"

"आश्वस्त होना चाहता हूँ।"

"शंका से ग्रस्त हैं क्या?"

"हूँ।"

"क्यों?"

"मेरा मन विचलित एवं डाँवाँडोल है।"

"यह कैसे हो सकता है? आप तो पौरुष के प्रतीक हैं।"

"यहाँ पर तीव्र गति से होनेवाले घटनाक्रम ने मुझे हिलाकर रख दिया है।"

"आप स्थायित्व के प्रतीक हैं, स्वामी। आपके हिलने से संपूर्ण ब्रह्मांड हिल जाएगा।"

"एक बात और कहना चाहता हूँ, प्रिये!"

"कहिए।"

"तुम हमारे वंश से तो अब पूर्णरूपेण परिचित हो गई होगी।"

"क्या कहना चाहते हैं, नाथ?"

"कह दूँ?"

"अवश्य कहिए।"

"तुम सूर्यवंशी रघुकुल की बहू हो।"

"मुझे इसका ज्ञान है।"

"अब जो मैं तुमसे कहना चाहता हूँ, वह तुम्हें किंचित् भी रुचिकर नहीं लगेगा। मुझे समझ में नहीं आ रहा है कि तुमसे कहूँ भी या नहीं।" उन्होंने मंद स्वर में कहा।

इस पर मैंने उनसे कहा, "जो कुछ भी आपको कहना है, उसे स्पष्ट शब्दों में कहें। मुझे प्रसन्नता होगी कि आपका मुझ पर भरोसा है।"

इस पर वे कहने लगे, "मेरी इच्छा है कि मेरे वन को प्रस्थान करने के पश्चात् तुम महल के भीतर ही रहना और साथ-ही-साथ कभी सूर्य की ओर भी सीधे-सीधे मत देखना। यहाँ तक कि सूर्य की किरणों से भी अपने ऊपर पड़ने से बचना। मुझे पूर्ण विश्वास है कि सूर्यवंश की बहू अपने इस जटिल दायित्व को पूरी तरह निभाएगी।"

"मुझे यह समझ में नहीं आ रहा है कि आप ऐसा क्यों चाहते हैं?" मैं मौन होकर कुछ सोचने लगी थी। "मुझे इस नियम की, निर्देश की सार्थकता पर संदेह है। फिर भी···"

"यह हमारे परिवार की कुल की एक नैतिक परंपरा है।" उन्होंने कहा।

"स्पष्ट करें।"

"हम सूर्यदेव के परम आराधक हैं और इसीलिए हमारे कुल की बहुएँ सूर्यदेव की ओर सीधे-सीधे नहीं देखती हैं।" उन्होंने स्पष्टीकरण दिया।

"मैं वचन देती हूँ कि मैं आपके निर्देश का पालन पूरी तरह से करूँगी।"

···अपने स्वामी के वन-गमन के पश्चात् मैं महल के भीतर ही रहकर अपने सारे दायित्वों का निर्वाह करने लगी थी। रोज सुबह महल के अनेक गवाक्षों से छनकर आती सूर्य की किरणों की आराधना करके मैं सूर्यदेव की पूजा कर लेती थी।

···मैं अपने इस अनोखे स्वप्न को भूल नहीं सकती। वह मेरे स्मृति-पटल पर गहराई से अंकित हो गया था। मैंने अपने को निर्जन पहाड़ी प्रदेश में घूमते हुए पाया था। वहाँ की हरियाली उस स्थान के सौंदर्य को कई गुना बढ़ा रही थी। बड़े-बड़े हरे-भरे पेड़ और कलकल ध्वनि से

बहती हुई जल–धारा एक मोहक संगीत उत्पन्न कर रही थी। जब मैं ऊपर कुछ और आगे बढ़ गई तो मैंने एक हिम–मंडित पर्वत को देखा। सूर्य की किरणें उस पर पड़कर उसकी चमक को कई गुना बढ़ा रही थीं। मैं आश्चर्यचकित हो उस दृश्य को देखने लगी थी।

उन क्षणों में मुझे समय का बोध भी नहीं रह गया था। विस्मय से भरकर मैं उस अलौकिक दृश्य का अवलोकन करने लगी थी। तभी मैंने देखा कि वह हिम–मंडित पर्वत मेरे स्वामी के रूप में बदल गया। उनके मुकुट की चमक सारे प्रदेश को आलोकित करती–सी लग रही थी। वे मेरी ओर देखते हुए मुसकराने लगे थे।

"उर्मिला, तुम महल से बाहर क्यों आई हो? तुमने वचन दिया था।"

"पर मैं सूर्यदेव को थोड़ी देख रही हूँ।" मैंने मंद स्वर में कहा।

वे हँसने लगे। फिर उन्होंने पूछा, "क्या मैं सुंदर लग रहा हूँ?"

"बहुत सुंदर लग रहे हैं आप। मुझे डर है कि कहीं आपको किसी की बुरी दृष्टि न लग जाए।"

इसके पूर्व कि मैं कुछ और कह पाती, वहाँ एक स्वर गूँजा, "देवी उर्मिला, तुम अपने भीतर किसी भी शंका को न आने दो। लक्ष्मण, तुम्हारे पति, भगवान् शेष के अवतार हैं। सारे संसार का भार उठाने में सक्षम भगवान् शेषावतार लक्ष्मणजी का कौन अहित कर सकता है!"

"प्रणाम, स्वामी!" मैंने शेषावतार लक्ष्मण का अभिवादन शीश झुकाकर किया।

उसी क्षण वह मनोहारी, दिव्य दृश्य आँखों से ओझल हो गया और मेरी नींद खुल गई। उस स्वप्न की मिठास ने मेरी संपूर्ण चेतना को एक नई ऊर्जा से आप्लावित कर दिया था।

…व्यक्ति विरही नहीं होता है। उसका मन, उसकी चेतना में विरह जब व्याप्त हो जाता है तो वह संसार से विरक्त हो जाता है। उसके

मनोभाव के कारण ही उसे अपने भीतर उदासीनता का दबाव व्याकुल कर देता है।

अपनी चेतना के निरंतर दबाव के कारण वह विरही बन जाता है। मैं भी अपने मन से बँध गई थी। मेरी चेतना में आ गई शून्यता एवं रसहीनता ने मेरे जीवन के अर्थ को पूरी तरह बदलकर रख दिया था। मेरे स्वामी ने दायित्व को सदैव अपने जीवन में प्राथमिकता दी और इसीलिए शायद भावनाओं के जाल में नहीं फँसते थे। पर मैं तो पूरी तरह से भावनाओं के सम्मुख नतमस्तक रही हूँ। कदाचित् यही कारण है कि मैं अकसर मतिभ्रम का शिकार हो जाती हूँ। बादलों के गर्जन में, हवा के झोंकों में, फूल-पत्तियों में भी मुझे अपने स्वामी की पुकार सुनाई देती या मुझे लगता कि वे कुछ संदेश दे रहे हैं। ध्यान से देखने पर मुझे उनमें अपने आराध्य की आकृति भी दृष्टिगोचर होने लगती थी।

...एक दिन मैं महल से लगी वाटिका में टहल रही थी और सारी परिस्थितियों पर विचार कर रही थी। पक्षियों की चहचहाहट से सारा वातावरण गुंजायमान हो रहा था। सारी वाटिका में उन सुंदर पुष्पों की सुगंध व्याप्त थी, पक्षियों के समवेत गायन में एक विलक्षण लालित्य था। पर मेरे मन में केवल विरह और वेदना ही थी। वे रंग-बिरंगे पुष्प मेरे भीतर मेरे स्वामी की अनुपस्थिति का ही भाव उत्पन्न कर रहे थे।

वहाँ भाँति-भाँति की रंगीन तितलियाँ भी उड़ रही थीं। बीच-बीच में भौंरे भी गुंजन करते हुए उन पुष्पों पर बैठकर रसपान कर रहे थे। उन क्षणों में मैंने महसूस किया कि परिवेश की रमणीकता मनुष्य को यदि परम सुख दे सकती है तो वह उसके परम अवसाद का कारण भी हो सकती है।

"राजकुमारीजी, हम तितलियों के सौंदर्य और इन भौंरों की गूँज से आपको क्या तनिक भी आनंद प्राप्त नहीं हो रहा है?" एक बहुत सुंदर तितली ने मुझसे पूछा।

"प्यारी तितली, तुम बहुत सुंदर हो; पर इस समय मेरा मन शांत नहीं है।"

इस पर कुछ हँसते हुए वह तितली कहने लगी, "यहाँ आप सबसे अधिक सुंदर लग रही हैं, राजकुमारीजी।"

"इस सुंदरता का क्या लाभ?"

"क्यों? मुझे कुछ भी समझ में नहीं आ रहा है। यदि आप दुःखी हो जाएँगी तो हम सब भी दुःखी हो जाएँगी।" तितली ने कहा।

तभी वहाँ पर मेरे स्वामी का स्वर गूँज उठा, "उर्मिला, अपने दुःख से तुम कैसे इन सबको दुःखी कर सकती हो?"

मेरा चेहरा प्रसन्नता से चमकने लगा। "आप यहाँ छिपकर बैठे हैं?" मैंने कहा। "मैं आपको देखना चाहती हूँ।"

"क्यों देखना चाहती हो तुम मुझे?" उन्होंने परिहासपूर्ण स्वर में पूछा।

मैंने कुछ दुःखी स्वर में कहा, "ठीक है, फिर मत आइए। मैं अपनी निराशा को भुला दूँगी।"

"अरे, तुम तो रुष्ट हो गईं। मैं तो कब से तुम्हारे पास हूँ। सदैव तुम्हारे पास हूँ।" वे बोले। इसके पहले कि मैं कुछ कहती, वे कहने लगे, "मैं तो सदैव से तुम्हारे पास हूँ, पर तुम देख नहीं पातीं।"

"कैसे? मैं तो नहीं देख पा रही आपको।"

"ये देखो! ये हवा के झोंके, यह चिड़ियों की चहक, यह भौंरों का गुनगुनाना, यह जलधारा से उत्पन्न संगीत में मैं ही तो हूँ।"

मैं हँस पड़ी।

"क्यों हँस रही हो इस प्रकार?"

"देखिए, ये तितलियाँ कितनी कोमल हैं! पर आप तो पूरी तरह नीरस और कठोर हैं। कहाँ है आप में इन तितलियों की कोमलता एवं अल्हड़पन? कितना प्रेम करती हैं ये तितलियाँ इन पुष्पों से! कितना आनंद प्राप्त करते हैं ये भौंरे इन पुष्पों का मकरंदपान कर! आप तो रसहीन हैं।"

"तुम लक्ष्मण को रसहीन मानती हो?"

"पूरी तरह।"

उन्होंने अत्यंत गंभीर स्वर में कहा, "काश, तुम मेरी बाह्य कठोरता के परे देख पातीं।"

"आप इसे अन्यथा न लें। मुझे आपके प्रेम के प्रति तनिक भी संदेह नहीं है। पर परिस्थितियों के विपरीत प्रवाह को रोकने में भी तो मैं सक्षम नहीं हूँ।" मैंने अत्यंत कोमलता से कहा।

···बचपन से ही मुझे वर्षा की फुहार में भीगना बहुत अच्छा लगता था। उस बरसात के अनुभव को मैं कभी नहीं भूल सकती। मैं अपने कक्ष में एकांत में उन्हीं के बारे में सोच रही थी। इतने में जोर से बिजली आसमान में कौंध गई। उसकी तेज चमक और आवाज से मैं चौंककर बैठ गई।

"उर्मिला!" बिजली की गर्जना में मुझे उनकी आवाज सुनाई दी।

"वहाँ क्या कर रहे हैं आप?"

"तुम्हें इस गर्जना से यह आभास कराना चाहता हूँ कि मैं तुमसे कितना प्रेम करता हूँ।"

इससे पहले कि मैं कुछ कह पाती, झम-झनकर पानी बरसने लगा। मेरे कक्ष के बाहर के प्रांगण में एकांत पसरा हुआ था। मैंने परिचारिकाओं से कक्ष के भीतर प्रवेश करने को मना कर दिया था। मुझे अपने शरीर में एक गहरी तपिश का अनुभव हो रहा था। मुझे लग रहा था जैसे मेरे भीतर सैकड़ों अंगारे दहक रहे हों। वह शायद मेरे विरह की अग्नि थी। उन क्षणों में पीड़ा के अनुभव ने मुझे जीवित रखा हुआ था। मुझे लगा कि कभी-कभी प्रसन्नता के कारण अकसर लोग मर जाया करते हैं। मैं समझ गई थी कि जो पीड़ा के साथ जी लेता है, वह किसी भी स्थिति में जीने के लिए तैयार रहता है।

···उस बरसते हुए पानी ने मुझे भीतर तक सींच दिया था। उसके स्पर्श से मुझे लग रहा था जैसे उसमें मेरे स्वामी विद्यमान थे। उस शीतल

जल के स्पर्श मात्र से मेरे भीतर की तपिश शांत होती-सी लग रही थी। वह मेरे लिए केवल बरसात की वर्षा मात्र नहीं थी। वह मेरे लिए मेरे पति की विद्यमान चेतना थी। मैंने तब एक अनोखी शक्ति का अनुभव किया था।

…पति-पत्नी का जुड़ाव बहुत गहरा एवं संवेदनशील भी होता है। एक दिन मुझे, जब मैं विश्रामावस्था में थी, ऐसा लगा जैसे कि मेरे पति किसी द्रारुण कष्ट से गुजर रहे थे। मेरा मन व्याकुल हो गया था।

"उर्मिला!"

"कहाँ हैं आप?"

"देखो इधर!"

मैंने देखा, वे भूमि पर लेटे हुए थे और उनके अग्रज श्रीराम विलाप कर रहे थे।

"यह क्या हो गया है आपको, स्वामी?"

वे बोले, "प्रिय, यह मेरी ही एक लीला का भाग है। देखो, सब कितने व्याकुल हैं यहाँ! मुझ पर रावण के पुत्र मेघनाद ने शक्ति का प्रहार किया है।"

"अब क्या होगा, स्वामी?"

"जब तक उर्मिला लक्ष्मण के साथ है, तब तक लक्ष्मण सुरक्षित है। युद्ध मेरे और मेघनाद के बीच नहीं है। युद्ध है सुलोचना और तुम्हारे बीच। मुझे पूरा विश्वास है कि जीत तुम्हारी ही होगी।"

उस समय मेरे प्रति उनके इस गहरे विश्वास से मुझे असीम शांति मिली थी।

…एक बार मैं एकांत में पूर्णिमा के चंद्रमा को निहार रही थी। चंद्रदेव की शीतल चाँदनी बहुत आरामदायक लग रही थी। मुझे लगा कि मेरे आसपास बिखरनेवाली चंद्रदेव की किरणें मुझे स्पर्श कर रही थीं और मुझे अपने बाहुपाश में जकड़ने का प्रयास कर रही थीं।

"चंद्रदेव, यह सब क्या है?" मैंने क्रुद्ध स्वर में पूछा, "क्या आपको यह ज्ञान नहीं कि मैं कौन हूँ?"

"मुझे सबकुछ ज्ञात है, देवी!"

"फिर यह क्या है?"

चंद्रदेव ने कहा, "किंतु आपको यह ज्ञात नहीं कि यह सब क्यों हो रहा है!"

"क्यों हो रहा है यह सब?" मैंने जिज्ञासावश पूछा।

"अपने ध्यान को मुझ पर केंद्रित करें।"

मैंने वैसा ही किया और मुझे सबकुछ स्पष्ट हो गया।

"स्वामी, मुझे आपका मुकुट दिख रहा है। यह सब क्या है?"

"उर्मिला, मुझे तुम्हारी याद आ रही थी।"

"तो इसी तरह आप लुका-छिपी करते हैं?"

उन्होंने हँसते हुए कहा, "मैंने तुमसे कहा था न कि मैं हर पल तुम्हारे साथ था, हूँ और रहूँगा।"

हम दोनों के बीच उस प्रेम का देख चंद्रदेव भी बहुत प्रसन्न हुए और हमारे उस प्रेम को चिरायु होने को आशीर्वाद भी उन्होंने दिया।

"तुम्हें मेरा यह विचार पसंद नहीं आया क्या?"

"पर मैं एक बात आपसे न पूछकर चंद्रदेव से पूछना चाहती हूँ।"

"मैं आपको उत्तर देने का प्रयास करूँगा।"

"प्रश्न बहुत सरल है।"

"पूछें, देवी।"

"सारा संसार आपको शीतलता एवं कोमलता का प्रतीक मानता है। इसके विपरीत, मेरे स्वामी को नीरसता और कठोरता का प्रतीक माना जाता है।"

"प्रश्न क्या है, देवी?"

"उन्होंने आपका ही चयन क्यों किया?"

चंद्रदेव के चेहरे पर एक मुसकराहट आ गई और वे कहने लगे, "सब आपके पति का आकलन ठीक से नहीं कर पाते। सच तो यह है कि आपके पति की महानता एवं सहनशीलता मुझसे कई गुना अधिक है।" उनके स्वर में प्रशंसा का भाव आ गया, "कौन कर सकता है शेषनागजी का मुकाबला! सहनशीलता में वे सारे ब्रह्मांड का बोझ धारण किए हुए हैं अपने शीश में। उनको और आपको मेरा प्रणाम!"

...एक दिन महल के निकट बहनेवाली नदी के जल को जब में निहार रही थी तो अचानक उसके पानी में हलचल होने लगी और मैंने देखा कि उसमें से जो आकृति निकली, वह पुष्पों का धनुष-बाण लिये भगवान् कामदेव थे।

"मारूँ तुम्हें अपना यह बाण, देवी?" उन्होंने मुझसे कहा।

"अब नाटक छोड़िए और अपने वास्तविक रूप में आ जाएँ, भगवान् शेष।"

"तुमने मुझे पहचान लिया, उर्मिला! कैसे?"

"अभी आप नाटक रचने में नौसिखिए हैं।"

"कैसे सिद्ध करोगी?"

"कर दूँगी।"

"करो न!" उन्होंने उत्सुकता से कहा।

इस पर मैंने कहा, "भगवान् कामदेव कभी आज्ञा लेकर, चेतावनी देकर प्रहार नहीं करते और...."

"और क्या?"

"वे कभी भी देवी रति के बिना नहीं आते।"

फिर हम दोनों हँस पड़े थे।

□

आविर्भाव

उर्मिला की मूक वेदना एक परंपरागत, रूढ़िवादी पुरुष-प्रधान सोच का परिणाम है। सतयुग से आज तक नारी को अक्षम एवं अयोग्य सिद्ध करने के कुचक्र को समाज ने अपना परम दायित्व माना है। नारी के विरोध को हर प्रकार से कुचलकर उसके संपूर्ण व्यक्तित्व को अर्थहीन कर देने की प्रक्रिया सदियों से समाज का अभिन्न अंग रही है। इस देश में पति सदैव एक प्रतीक रहा है। इसी प्रतीक को आधार मानकर हमारे समाज की संरचना हुई है।

किसने अनुभव किया है उर्मिला की प्रखर वेदना से उत्पन्न उच्चाटन को? किसने समझा था उसकी पति-परायणता को? क्या कभी मिला उसकी निष्ठा को आदर? क्या उसने अपना संपूर्ण यौवन नहीं होम कर दिया अपने पति के खोखले आदर्शों के दबाव में? परिस्थितियों की विराट् प्रतिकूलता के मध्य में रहते हुए उसके जीवन की सारी गरिमा कुंठित नहीं हो गई थी क्या? उसके जीवन की विरह वेदना सतही स्तर पर मूक होते हुए भी मन को विचलित कर देनेवाली थी। उसके परिवेश में एक प्रकार की नकारात्मक ऊर्जा निरंतर उत्पन्न होती रही थी। उसके संपूर्ण जीवन का आकलन यह सिद्ध करता है कि एक सफल पत्नी बनने के प्रयास में, प्रक्रिया में वह एक असफल नारी मात्र बनकर रह गई थी।

बाहर का सौंदर्य, गरिमा एवं वैभव उसके लिए अर्थहीन हो चले थे। उसके कष्ट को, विरह को समझने की क्षमता किसी में नहीं थी।

सच तो यह है कि उर्मिला आज भी नितांत अकेली है। आज भी उसके जीवन में एक ठहराव-सा बना हुआ है। अपने सारे प्रयासों के बावजूद वह आज भी एक दासी का जीवन जीने को बाध्य है। निराशा के क्षणों में तो यह लगता है कि उसका जीवन ही केवल नष्ट होने के लिए बना है। उसको सबला सिद्ध करने के सारे प्रयास एक झूठ पर आधारित हैं। शायद हमारी व्यवस्था में कोई गहरा दोष व्याप्त है। हम हमेशा उर्मिला को कुचलते रहे हैं और कुचलते भी रहेंगे।

इस समाज में, इस व्यवस्था में नारी आज भी उर्मिला की तरह अडिग खड़ी है और अपने ऊपर थोपी गई मिथ्या गरिमा एवं दायित्व के भार को चुपचाप स्वीकार कर लेती है। अपने मन में उठनेवाले विरोध के स्वर को वह स्वयं दबा लेती है। कैसी विलक्षण है उसकी यह तितिक्षा! उसके त्याग एवं समर्पण को समझने की क्षमता है क्या इस अंधे समाज को? हर क्षण कोई-न-कोई उसकी अस्मिता को भंग करता रहता है। जिस प्रकार वह शोषण की हर घिनौनी प्रक्रिया को स्वीकार कर लेती है, उससे यह लगता है कि शायद उसकी संपूर्ण संवेदना पाषाण हो चुकी है।

सत्य को अनदेखा नहीं किया जा सकता है। त्रेता युग की उर्मिला आज भी अपने भीतर पाषाण को ढो रही है। वह भीतर-ही-भीतर एक जड़ता से ग्रस्त हो जाती है। उसी विपन्नता के वशीभूत हो वह कई महत्त्वपूर्ण क्षणों में भ्रमित हो जाती है। यही बन जाता है युद्ध में उसकी हार का कारण! अपने सारे गौरव को तिलांजलि दे वह प्रकांड तिरस्कार के शूल की मूक वेदना को सहर्ष स्वीकार कर लेती है।

उर्मिला, तुम्हें जागना होगा। फेंक दो अपने भीतर स्थित पाषाण खंड को, सारी वर्जनाओं को। केवल यही तुम्हारे लिए मुक्ति का मार्ग है। त्रेता की उर्मिला ने जो कुछ भी किया, तुम्हें उसे बदलना ही होगा।

आज के संदर्भ में तुम्हें एक नई चेतना विकसित करनी होगी। यही तुम्हारे लिए एकमात्र मुक्तिमार्ग है। तुम्हारे भीतर अभी भी बहुत कुछ शेष है। उसे पहचानो और निकल पड़ो इस नए पथ पर अपनी एक नई पहचान के लिए।

□□□